BARONNE JAMES DE ROTHSCHILD

PAGES DÉTACHÉES

DU

CAHIER D'UNE JEUNE FILLE

MACON

PROTAT FRÈRES, IMPRIMEURS

—

1896

PAGES DÉTACHÉES

CAHIER D'UNE JEUNE FILLE

PAGES DÉTACHÉES

DU

CAHIER D'UNE JEUNE FILLE

MACON

PROTAT FRÈRES, IMPRIMEURS

—

1896

A MON FILS HENRI.

A MA FILLE JEANNE.

Mes Chers Enfants,

Ayant retrouvé, il y a quelque temps, mes cahiers de jeune fille, j'ai lu devant des amis intimes ces pages que j'avais écrites à l'âge de dix-huitans. Ils m'ont suppliée de ne les point renfermer dans mes tiroirs, mais de les faire imprimer.

J'ai longtemps hésité. Enfin j'ai cru que ces simples compositions pourraient n'être pas inutiles à la jeunesse, et qu'elle y trouverait de bons conseils. Je me suis laissé entraîner à vous les livrer. Elles étaient d'abord écrites dans ma langue maternelle. Quelques aimables amis ont bien voulu les traduire dans notre belle langue française pour les réunir dans un modeste volume.

C'est ce petit livre, mes chers enfants, que je me suis décidée à vous offrir et à vous dédier. J'espère que vous éprouverez à le lire le plaisir tout affectueux que donne à des enfants aimés tout ce qui vient d'une tendre mère.

THÉRÈSE DE ROTHSCHILD.

Château des Fontaines, novembre 1891.

LA PATIENCE

LA PATIENCE

SOURCE DE TOUTES LES VERTUS

J'étais dernièrement dans une réunion où se trouvaient beaucoup d'amis : l'entretien roulait sur la plus belle des vertus, celle que l'on doit préférer. Les avis se partageaient; on ne pouvait s'entendre. Après avoir écouté quelque temps en silence, je déclarai que je considérais la patience comme la vertu préférable à toutes. On parut y avoir peu pensé : la patience semblait si naturelle et en même temps si accessoire, que l'on sembla étonné quand je la nommai. Mais, dans ma conviction nette et ferme, je soutins mon affirmation, et je me déclarai prête à en faire la preuve. Il ne m'était pas possible de tenir sur-le-champ ma promesse : je m'engageai donc à la donner par écrit, et maintenant je vais essayer de justifier, selon mes moyens, mon opinion, que la patience est comme la base de toutes les vertus.

Patience vient de pâtir, qui est supporter ce qui nous est désagréable. Subir tranquillement, avec calme, les petites incommodités et les petits ennuis qui souvent, tous les jours même, se trouvent sur notre chemin, n'y point montrer une trop grande sensibilité : voilà un grand devoir. Les discours blessants sont comme des piqûres d'aiguille insignifiantes, mais qui, en se répétant constamment, nous deviennent pénibles et finalement douloureuses à supporter. Un grand sacrifice, unique, ne demande point une si persistante patience, et, souvent, il y a moins de courage à supporter un coup très rude que la répétition des légères incommodités de la vie. Elles demandent plus de force. Quand nous sommes blessés, traités avec humeur et sans égards, nous devons philosophiquement accepter ces maux, n'y point répondre par une égale dureté : c'est là une preuve de patience. C'est un fardeau qui nous est imposé, nous devons le porter avec résignation. Comme, dans un tel combat, nous demeurons impassibles, comme nous souffrons sans agir, on pourrait croire que nous succombons sous le faix et que nous sommes vaincus : mais, en vérité, c'est nous, qui n'ayant opposé aucune résistance, avons remporté la victoire, et la plus grande. Par un vigoureux effort sur nous-même, nous avons dompté les révoltes de notre volonté. Au lieu de riposter, dans les différentes occasions, avec les mêmes armes, comme on nous y provoquait par des défis hostiles et des insultes, au lieu de rendre aigreur pour aigreur, nous nous sommes noblement comportés.

Nous élevant au-dessus de la colère, nous nous sommes montrés calmes, patients, et par suite la victoire nous est restée.

Voyons maintenant comment la patience est aussi la source des autres belles vertus qui font l'homme vraiment excellent. Pour donner à mes amis une idée claire de ma vertu préférée, j'imaginai une comparaison avec un arbre et avec le chandelier du temple. La racine, modeste et invisible, se cache profondément dans la terre : elle est pourtant la vie de l'arbre : c'est d'elle que s'échappe la sève qui est la force de la plante, d'elle que s'élance le tronc ; d'elle encore que sortent et s'étendent, fixés au tronc, les rameaux et les branches. Mais, de même que la racine envoie à l'arbre tout entier force et nourriture, un courant contraire ramène la sève des rameaux et des branches vers la racine pour lui donner les aliments qui entretiennent la vie : c'est ce double travail, ce flux et ce reflux continuels de la sève qui maintiennent l'arbre dans sa fraîcheur et sa beauté. De même la patience, comme une racine, doit, modeste et profonde, reposer dans le cœur de l'homme ; les autres vertus doivent sortir d'elle, et en retour la vivifier et la fortifier : ainsi, une action réciproque contribue au progrès général.

Considérons maintenant le chandelier du temple, que nous pouvons d'autant mieux comparer à un arbre que l'Écriture même le représente clairement comme tel. Il a une racine, qui est le pied, un tronc, qui est la tige ; ses rameaux et ses branches sont les bras qui s'élancent du tronc, car le tout devait être formé d'un seul lingot d'or, comme Moïse même l'avait ordonné. Le chandelier sacré avait sept branches auxquelles on peut comparer les vertus qui prennent leur source dans la patience et la fortifient.

Nous poursuivrons cette comparaison.

I

La première de ces admirables vertus est la douceur. Elle se montre dans les paroles comme dans
les actions. Quand on nous adresse des paroles
blessantes et hostiles, il est naturel de nous sentir
offensés ; au lieu de continuer sur le même ton,
nous devons chercher à répondre avec calme et
douceur, et, si nous ne le pouvons, mieux vaut
nous taire. En agissant ainsi, nous faisons honte
à ceux qui nous ont vainement provoqués, bien
mieux qu'en leur répondant avec la même
rudesse. Une parole dure peut si facilement
blesser un cœur sensible ! La douceur de caractère doit se montrer dans toutes les situations
de la vie, et surtout dans ces nuances délicates
qui rendent quelquefois plus tendus nos rap-

ports avec nos amis. Elle paraît non seulement dans notre résignation, mais encore dans notre langage. L'homme doux ne s'éprouve donc pas seulement dans le commerce de la vie, où souvent on sait cacher sa colère et son dépit pour ne pas se découvrir aux yeux d'étrangers, car souvent on veut paraître meilleur qu'on n'est, mais aussi et surtout dans les rapports intimes où la douceur est si souvent mise à l'épreuve et n'est point aisée à pratiquer. Il faut nous montrer doux envers tous, envers nos parents, nos amis, et surtout à l'égard de nos inférieurs. Un mot peut si facilement blesser notre entourage ! Il nous échappe dans un moment d'impatience : à peine savons-nous comment, que déjà la blessure est faite. En retenant notre langue, en réservant nos paroles, nous aurions fait preuve de douceur. Quel étonnement pour des amis, en présence desquels nous savons nous contraindre et donner de nous une bonne opinion, quel étonnement pour eux, si, nous observant à la maison, ils viennent à découvrir que notre caractère n'était au fond ni patient ni doux, mais que nous dissimulions nos défauts, et que notre conduite privée dénonce aisément notre feinte! Celui qui ne se domine qu'en apparence et n'a point la vraie et patiente douceur qui vient du fond du cœur, celui-là, quand il n'aura plus besoin de se contraindre, se montrera pour les siens, surtout pour ses serviteurs et ses subordonnés, sans égards, sans sympathie et sans douceur. Quelque serviteur néglige-t-il d'exécuter une besogne suivant la volonté précise d'un tel maître? Celui-ci n'hésitera pas à lui adresser les injures les plus violentes, sans comprendre qu'il devient inférieur à son valet puisqu'il ne peut se maîtriser, et use de procédés indignes d'un homme de bonne compagnie. Ne vaut-il pas mieux faire doucement une observation que de « secouer » le serviteur par une telle réprimande? Et de même dans notre famille nous devons toujours avoir de la douceur pour nos frères et sœurs, surtout pour les plus jeunes.

Si nous devons être pleins d'égards envers notre famille, nos amis et nos serviteurs, combien devons-nous l'être davantage envers les malheureux qui viennent timidement chez nous demander assistance, et qui ont tant besoin de notre charité pour sentir moins douloureusement leur pénible situation ! L'indigent, qui implore notre secours, doit être considéré, dans tous les cas, comme un homme digne d'intérêt et traité avec ménagements. Ceux qui n'ont pas cette vertu, la patience, envoient sèchement leurs dons aux pauvres, les accablent ainsi de leur supériorité, et donnent libre cours à leur orgueil, à leur dureté et à leur rudesse. Au contraire, l'homme délicat et sensible donne aux pauvres avec une bienveillance amicale, cherche à les réconforter par des paroles affectueuses et sympathiques, afin d'alléger un peu leur situation déjà si dure. Ce n'est pas ce que nous donnons qui est agréable au Père céleste, c'est la manière dont nous donnons. La bienfaisance nous est comptée par Dieu dans la mesure de la douceur avec laquelle nous l'avons exercée.

La douceur est une belle vertu, et c'est surtout dans un cœur de femme qu'elle doit avoir sa place toujours marquée. Elle est l'ornement d'une jeune fille, la plus belle parure qu'elle doive toujours porter. Une femme douce et

gracieuse gagne tous les cœurs. Sa bienveillance dans le sein de la famille lui vaut la confiance de tous les siens, sa douceur lui assure le
respect de ses inférieurs; sa bonté discrète, la
reconnaissance des pauvres et des indigents, et
ainsi, par une conduite pleine de noblesse, elle
mérite et conserve l'amour et le respect de tous
ceux qui l'approchent.

II

L'indulgence est la compagne de la douceur. Comme celle-ci apparaît dans les paroles et dans les actes, l'indulgence se révèle aussi bien dans la modération des jugements que dans nos rapports avec autrui. La vie de tous les jours nous met souvent en contact avec des personnes dont le caractère peut nous être désagréable. Si ces personnes nous blessent, nous impatientent ou nous rendent la vie trop dure, notre devoir, cependant, quoique difficile, est de continuer à nous montrer doux envers elles, et à les traiter avec indulgence.

Considérons maintenant sous ce rapport d'abord le monde, avant de parler du cercle plus restreint de nos amis et de nos proches, pour lesquels nous devons avoir une indulgence particulière. Chacun a ses faiblesses : personne n'aime être dérangé dans ses habitudes, surtout les vieillards, qui ont réglé et déterminé dès longtemps l'ordre de leurs journées; ils maugréent de voir interrompre cet ordre qui leur est devenu cher. Il faut donc tenir compte de ces particularités, et, si cette obligation peut nous paraître pénible, en nous empêchant peut-être de nous livrer à nos propres occupations, l'âge même de ces personnes doit nous rendre indulgents envers elles. Elles ont sans doute bien des caprices : elles sont souvent désagréables et aigres dans leurs paroles ; leur mauvaise humeur se tourne parfois contre leur entourage : nous saurons excuser tout, et nous montrer d'autant plus indulgents que nous-mêmes sommes encore jeunes, bien portants, en pleine possession de toute notre force et de notre vigueur. Il arrive encore que nous rencontrons souvent dans le monde des gens de peu d'éducation qui, sur des sujets sérieux et élevés, ne sont pas de notre avis : eux aussi ont droit à l'indulgence, car ils peuvent n'avoir pas reçu une instruction aussi élevée que la nôtre, et, par conséquent, ils n'ont pas la même manière de voir que nous.

Mais surtout, comme la douceur et l'indulgence sont nécessaires dans le cercle de la famille ! Là surgissent souvent des incidents en apparence insignifiants, qui nous blessent. Que de fois l'on rencontre dans une famille nombreuse des caractères et des esprits différents ! Ces divergences sont pour ainsi dire autant de petits écueils. Il faut pratiquer le système des concessions mutuelles, entrer avec empressement dans les désirs et les projets d'autrui, rétablir par la bonté et l'indulgence la paix et l'unité que les dissentiments et les contestations ont compromises. Les aînés doivent avoir de la tolérance pour les cadets, auxquels ils sont supérieurs par l'âge et la raison, et aussi par le sentiment plus net qu'ils ont des bienséances. C'est donc leur devoir dans la maison de donner le bon exemple. Nous devons nous élever par l'esprit et exercer une action bienfaisante autant par l'estime que nous inspirons que par la douceur dont nous usons. Il en va de même dans nos rapports avec les inférieurs. Que de maîtres

sont portés à être sévères et durs envers leurs
serviteurs ! Souvent on exige trop d'eux, sans
penser qu'ils ont peu d'éducation, qu'ils sont
peu capables d'avoir quelque empire sur eux-
mêmes, qu'ils n'agissent point d'après des
principes arrêtés. Ils ont besoin d'être guidés par
nous, parfois, même, d'être sérieusement rappe-
lés au devoir : mais n'oublions pas qu'ils sont
comme nous personnes humaines, et qu'ils
méritent d'être traités avec une sympathie, qui
leur rendra plus doux l'accomplissement de leur
tâche.

Dans tous ces cas, nous devons être assurés
que notre indulgence sera récompensée par celle
de nos connaissances, de nos amis et de nos
proches : comme nos semblables, et souvent
plus qu'eux, n'avons-nous pas, nous aussi, nos
faiblesses et nos défauts ? Gardons-nous donc de
nous attirer l'apostrophe du sage : « Comment
voyez-vous une paille dans l'œil de votre frère,
tandis que vous ne voyez pas une poutre dans le
vôtre ? » Nous aussi nous sommes des créatures
faibles, susceptibles d'erreur et de faute, et,
de même que l'on a pour nous des ménagements.

et de la patience, de même nous devons nous
efforcer de témoigner à nos semblables la douceur
et l'indulgence que souvent on nous prodigue.

Notre bienveillance ne doit pas s'adresser
seulement aux personnes présentes. Nous devons
traiter les absents avec impartialité, ne point
dire de mal d'eux à leur insu, et résister au
mauvais penchant qui nous porte à découvrir
leurs défauts plutôt que leurs qualités.

Si donc nous formulons un jugement sur notre
prochain, que ce soit avec douceur, et qu'il lui
soit favorable : car, même si l'absent ne doit point
connaître notre appréciation, Dieu du moins l'entend, et elle lui est agréable. Efforçons-nous toujours de devenir par nos vertus plus semblables
à la personne divine, en prenant à cœur et
en appliquant cette parole de Dieu : « L'Éternel est l'Éternel, tout-puissant, miséricor-
dieux et clément, magnanime et grand dans
sa fidélité : il gardera sa foi jusqu'à la millième
génération, il pardonne les erreurs, les fautes
et les crimes. »

Enfin, c'est surtout en matière de religion que
nous devons exercer la tolérance et l'indulgence

filles de la patience. J'ai déjà cherché à indiquer quelques circonstances de la vie ordinaire où il nous faut déployer patience et indulgence; mais les plus graves occasions de froissement se produisent dans le commerce des personnes qui ne sont pas de notre croyance. Que de fois dans les conversations se trouve-t-on en désaccord sur les sujets religieux! Les opinions diffèrent; nous nous sentons atteints et blessés quand on attaque notre religion, quand on raille nos usages et nos cérémonies. Nous croyons que les autres, ceux qui ne voient pas comme nous, sont dans l'erreur. Mais quel homme peut se prétendre seul en pleine possession de la vérité? Souvent, dans l'humanité, c'est une erreur qui prend la place d'une autre, comme dit le poète : « On n'impose pas au monde la vérité ; une erreur seule triomphe d'une autre. » Non, nous ne pouvons ni ne devons contraindre personne à notre opinion, nous devons échanger avec calme l'expression de nos pensées, écouter patiemment les autres, nous approprier et méditer ce qui sort de bon de cette conversation. Jadis les hommes se persécutèrent pour cause de religion. Ceux qui s'écartaient de la croyance dominante étaient condamnés à une mort terrible, roués ou brûlés vifs. Les détenteurs de la force ne voulaient pas tolérer, dans leur pays, une autre religion que la leur, ou même des différences dans le culte de Dieu. Les Juifs étaient surtout opprimés, maltraités de toute manière, parce qu'étant en minorité ils affirmaient pourtant leur indépendance religieuse en face des autres hommes : on exerçait contre eux la plus rigoureuse intolérance, et, pendant des siècles, ils durent émigrer de pays en pays.

Heureusement, ces tristes époques sont passées, les peuples ont abandonné beaucoup de leurs préjugés; chacun peut librement et publiquement confesser sa foi et célébrer son culte. Pourtant il y a encore des hommes qui ne peuvent se défendre d'une certaine haine contre les adeptes d'autres religions, et qui cherchent toujours matière à discussion. Pour nous, nous défendrons toujours énergiquement notre religion, nous resterons fermes dans nos principes, et nous ne nous écarterons pas de la vérité reconnue; mais gardons-nous de con-

damner ceux qui croient autrement, ou de soutenir que nous ne pouvons pas vivre avec eux.
Toute religion contient un germe de bien,
sachons le reconnaître. Le Tout-Puissant tolère
bien les hommes de toutes les confessions ; il
fait briller le soleil pour les juifs, les chrétiens et
les païens. Il donne la nourriture à tous : pourquoi serions-nous intolérants ? Dieu est le créateur et le père de nous tous : nous, ses enfants,
nous devons nous regarder comme des frères,
nous aimer comme les membres d'une grande
famille, nous traiter avec égards et nous accorder
une indulgence mutuelle. Voilà ce qu'est la tolérance, la noble et belle tolérance, sans laquelle il
n'y a ni paix ni bonheur. Nous demandons la tolérance aux autres, mais nous sommes tenus de
la leur accorder de même : nous devons estimer
et honorer la religion et les usages de nos semblables, car le commandement de l'amour se
trouve dans toutes les religions, et toutes sont
la forme et le vêtement du divin, comme le dit
notre pieux poète : « Sous tous les climats,
l'humanité s'agenouille devant une Divinité qui
doit l'élever. Ne méprisez aucun usage, aucune

attitude de prière qui fait monter un pauvre
cœur au-dessus de la terre. C'est tantôt par le
sourire et tantôt par les cris que l'enfant
demande à sa mère de le prendre dans ses
bras. »

III

J'ai déjà nommé plusieurs vertus qui prennent racine dans la patience : ce sont celles qui servent le plus souvent dans la vie ordinaire. Elles sont moins difficiles à appliquer. Il s'y rattache des rameaux moins accessibles, ce sont les vertus qu'il est moins aisé d'exercer efficacement.

Assurément la conciliation est une admirable vertu : elle suppose non seulement la patience et la douceur, mais encore l'amour, la bonté. — Il nous est facile d'être prévenants, aimants et indulgents envers nos proches et nos amis, mais il est déjà beaucoup plus difficile de pardonner à celui qui nous a offensé, quand il est notre ennemi. Il est malaisé de ne pas conserver à son égard des sentiments hostiles. Il faut les abjurer, cependant. La discorde durât-elle depuis des années, ne croyons jamais qu'il soit trop tard pour nous réconcilier avec un ancien ami. Il y a bien des cas où nous nous sentons blessés quand on ne nous traite pas comme nous le voudrions et comme nous avons le droit de le vouloir. Souvent on nous froisse par un manque de prévenances : on nous adresse des paroles offensantes, on attaque ceux que nous aimons et que nous estimons. Touchés de ces atteintes, nous pensons aussitôt à rompre avec ceux qui qui nous ont offensés, à éviter tout à fait leur commerce, et à leur faire sentir que notre éloignement a pour cause leur indélicatesse. Mais si nous avons appris et acquis l'art de la conciliation, nous pardonnerons, nous oublierons.

Dans les circonstances ordinaires de la vie, nous n'avons à nous faire qu'une faible violence, pour nous montrer conciliants. C'est trop peu : il le faut aussi dans des circonstances plus graves, quand nous sommes profondément blessés, victimes d'une injustice criante et imméritée : nous sommes alors vraiment mis à l'épreuve. C'est dans ces occasions qu'on verra

si nous sommes capables de souffrir patiemment,
de pardonner à l'offenseur, et de lui tendre une
main conciliante.

La conciliation s'étend beaucoup plus loin. Si
nous nous trouvons en situation de rendre service à qui nous a fait du mal, nous devons le
faire de bon gré, car l'Écriture nous ordonne
d'aimer nos ennemis et de rendre le bien pour
le mal. Il faut faire aux autres ce que nous voudrions qu'ils nous fissent. Il nous est souvent
pénible de reconnaître un tort et de revenir sur
nos paroles. Nous sommes trop obstinés pour
convenir de notre faute, nous blessons une amie
par notre froideur, par une réponse tranchante,
par un affront. Nous comprenons qu'elle a raison de se juger offensée. En lui demandant aussitôt pardon, en faisant notre possible pour la
calmer, pour lui prouver que nous n'avions pas
de méchante intention, nous l'aurions bientôt
apaisée et nous regagnerions toute sa sympathie.

Pour nous fortifier dans ce saint devoir de la
conciliation, la doctrine mosaïque a eu l'heureuse inspiration d'instituer comme la plus

grande fête de l'année le « jour de la réconci-
liation ». Cette fête est, pour les Israélites,
parmi les sept fêtes les plus sanctifiées par Dieu,
le sabbat des sabbats. En ce jour, la miséricorde
divine nous promet le repos, la paix, la récon-
ciliation de notre âme avec elle-même, mais à
cette condition indispensable que nous n'aurons
jamais l'arrière-pensée de bénéficier de cette
faveur spéciale pour effacer nos péchés. Ce jour
unique et incomparable est pour nous le jour
de la concorde et de l'union : nous purifions
entièrement notre cœur de toute haine et de
toute hostilité, nous renouons les liens rompus
de la fraternité et de l'amitié, nous pardon-
nons loyalement toute offense et nous faisons
taire toutes nos discordes. C'est donc le devoir
de tout Israélite, la veille de ce saint jour, de
demander pardon à l'offensé, de pardonner à
l'offenseur, de rentrer en grâce auprès de son
prochain, d'offrir à Dieu, au lieu de la rancune,
un esprit bienveillant, une bonne volonté
digne de sa grâce et de ses bénédictions.
L'oubli de ce devoir envers nos semblables
est une faute non seulement envers eux, mais

bien plus envers notre Père céleste. Dans sa bonté et sa patience, il nous pardonne volontiers, si nous confessons franchement nos fautes, et si, dans un sincère repentir, nous prenons la résolution d'être meilleurs. Aussi en ce saint jour, tout Israël a coutume de s'assembler devant Dieu, pour invoquer la miséricorde du Tout-Puissant. Il adore le nom du Très-Haut, et termine la fête de ce jour admirable par la sanctification de la concorde en Dieu, ce qui est un enseignement de fraternité pour les hommes.

IV

Vis-à-vis de la conciliation s'élève sur notre arbre de lumière une autre branche bénie, couronnée de la vertu du dévouement. J'appelle ainsi la faculté de sacrifier aux autres, sans murmures, notre temps et nos forces, de renoncer pour eux à nos propres inclinations. Il faut négliger nos préférences pour ne penser qu'au bien de nos semblables. Combien s'étend ici le champ de notre action, de notre salutaire activité, et de combien de manières il nous est permis d'utiliser nos forces !

Parlons d'abord de nos rapports avec notre famille, qui peut la première prétendre à notre appui, et au sein de laquelle nous passons la plus grande partie de notre vie. Attachons-nous

fidèlement et entièrement à nos parents : nous
surtout, jeunes filles de la maison, marchons
avec amour à côté de notre mère, soulageons-la
du fardeau du ménage, assistons-la en toutes
circonstances. Rendons ses jours heureux autant
que nous le pouvons. Et quand nos parents
deviennent vieux et faibles, tâchons de rendre
le soir de leur vie aussi agréable que possible;
aidons-les à secouer les soucis qui pourraient
attrister la fin de leur existence.

Rappelons-nous à quel degré ces chers parents
ont pratiqué envers nous la vertu du dévouement et du sacrifice. Quels ont été pour nous
leurs soins et leurs soucis ! Comme ils ont rempli tous nos désirs ! Comme ils se sont sacri-
fiés ! Que de privations ils se sont imposées,
dans le seul dessein de nous donner, à nous,
leurs enfants, bonheur et joie ! Que de nuits
sans sommeil une mère vigilante a passées près de
notre lit, sacrifiant sa santé, nous dévouant ses
meilleures forces ! Quelle serait donc notre ingratitude, puisque nous ne pourrons jamais nous
acquitter envers eux, de ne pas leur consacrer,
quand ils sont devenus vieux, notre temps et

nos forces avec le plus grand dévouement? Gloire à ceux qui ont toujours rempli avec zèle leur devoir filial! En quittant la chère maison paternelle, nous emporterons la salutaire et douce assurance d'avoir été pour les nôtres tout ce qu'un enfant aimant peut être pour ses parents. Nous nous serons efforcés de leur rendre au moins une partie de ce qu'ils avaient fait pour nous. Ici, je songe plus particulièrement à la femme, dont la mission et la vie tiennent dans les beaux mots de « sacrifice et de dévouement ». Aussi devons-nous de bonne heure nous habituer à cette vertu : la jeune fille qui a vécu pour ses parents sera, par la suite, plus capable, comme femme d'intérieur, de comprendre et d'accomplir son devoir.

Ce n'est pas seulement à nos parents, mais aussi aux autres membres de la famille que nous devons consacrer notre esprit de sacrifice. La sœur aînée doit donner tous ses soins aux cadets, remplacer la mère auprès d'eux, leur consacrer son temps sans murmure, et les élever et les soigner avec une bienveillante patience. Il nous faut savoir oublier bien des

désirs que nous cachons au fond de notre
cœur, s'ils peuvent porter préjudice à ceux de
nos frères et sœurs, ou compromettre la réali-
sation de leurs vœux. Oui, nous devons être
prêts même à abandonner nos projets favoris
pour favoriser l'exécution de ceux des autres.
Mais que ce soit sans ostentation, sans faire
parade de nos sacrifices et de nos renonciations.
Si nous nous dévouons avec joie au service de nos
proches et de nos amis, nous agirons suivant la
volonté du Tout-Puissant. Son œil qui voit
tout regarde paternellement dans notre cœur, et
il reçoit avec plaisir notre silencieux sacrifice.
Non seulement pour nos frères et sœurs plus
jeunes, mais pour tous les enfants qui en ont
besoin, nous devons être prêts à faire le même
sacrifice avec le même dévouement, pour déve-
lopper leur esprit, former leur cœur à la vérité :
c'est vers ce but que nous devons tourner toutes
nos pensées. Il nous faut instruire les ignorants,
et entendre l'appel de tous ceux qui recourent à
nous. Dès que le temps est passé où nous
ne donnions notre attention qu'aux soins cor-
porels, arrivent les années où il faut enseigner

aux jeunes, et ce n'est pas une mince tâche, car les leçons rebutent le plus souvent les commençants. Il n'est pas facile de guider l'esprit indocile de l'enfant, de l'amener à écouter tranquillement, de fixer son attention par des explications agréables, et de lui donner ainsi le goût du savoir. Que notre patience se fortifie au souvenir de notre enfance, au cours de laquelle nous avons, nous aussi, largement éprouvé l'indulgence de nos maîtres, auxquels nous avons coûté, sans doute, plus d'une heure pénible.

Ces saintes obligations, nous ne devons pas seulement les remplir envers nos proches, mais encore envers nos amis. Prouvons-leur notre amitié en ne jugeant trop lourd aucun sacrifice en leur faveur : les vaines paroles ne sont rien ; c'est par les faits que nous devons prouver notre amour et notre dévouement à nos semblables.

Dans tous les cas, il nous faut réfléchir qu'il serait très facile de faire ce qui nous est agréable ; la difficulté et le sacrifice consistent précisément à prendre du bon côté ce qui nous

est désagréable, et à le faire sans répugnance ;
aussi faut-il nous habituer à exécuter avec joie
ce qui nous est pénible comme ce qui nous
est agréable, et à considérer cette tâche comme
inévitable : voilà la vraie abnégation, le véritable
esprit de sacrifice.

De même, notre dévouement et notre abnégation sont tout spécialement mis à l'épreuve,
quand il s'agit de soigner les malades et de donner aux prisonniers coupables les consolations
spirituelles. Il nous est facile de soigner un
membre de notre famille, de veiller jour et
nuit à son chevet, de lui rendre avec plaisir des
services qui, pour un autre, nous répugneraient.
L'amour que nous avons pour de chers malades,
père, mère, frère, sœur ou même amie intime,
nous fait tout oublier : aucun soin ne nous
paraît rebutant. Mais entrons dans les hôpitaux,
où les malades sont traités avec tant de dévouement et avec un si complet esprit de sacrifice
par les médecins et les infirmiers. Ces gens
qui ont besoin de secours leur sont plus ou
moins étrangers, souvent même d'humeur
désagréable. Pourtant, mêmes égards et même

sollicitude pour tous, comme si tous leur étaient proches par la nature : le lien sacré de l'amour et de la pitié les unit à ces malheureux : ils ne voient en eux que des frères, des frères malades et indigents, qui implorent par leurs cris secours et appui. Ces médecins éminents, ces bons infirmiers et infirmières, ne doivent-ils pas apporter au milieu de tant de misères la plus grande abnégation, la patience et le dévouement le plus admirables ? Peuvent-ils jamais penser à eux-mêmes ? Non. A eux comme à nous une voix intérieure crie : « Hâtez-vous vers vos frères indigents ; aidez-les, soignez-les, soutenez-les selon vos forces. »

Quel noble et touchant exemple nous donne, comme le modèle du plus grand dévouement et du sacrifice, cette noble jeune Anglaise, miss Nightingale ! Issue d'une bonne famille, elle quitte sa patrie en compagnie seulement de quelques infirmières, pour se rendre dans un pays étranger désolé par la guerre, afin d'y soigner les soldats blessés. Cette héroïne allait, infatigable, d'hôpital en hôpital, là où les terribles maladies sévissaient ; dispensant, telle qu'un

ange, à chaque blessé, les secours et la consolation, sans même songer à quels dangers elle
s'exposait ! Voilà le vrai sacrifice, l'abnégation
complète, l'entier oubli de soi-même, quand
on abandonne ainsi patrie, famille, amis pour
aller à l'étranger se dévouer aux malades et aux
blessés. Je sais bien que très peu de personnes
possèdent à un tel degré ce dévouement et cet
esprit de sacrifice. La plupart manquent de
l'abnégation nécessaire pour se dévouer entièrement aux malades et leur consacrer toutes leurs
journées. Si nous ne pouvons égaler ces âmes
si désintéressées, mettons du moins à profit
toutes les occasions qui s'offrent de nous consacrer au bien de nos frères souffrants, et de leur
rendre s'ils en ont besoin, même les plus
pénibles services.

Que dire, à présent, des entretiens que nous
pouvons avoir avec ces malheureux qu'une faute
a privés de leur liberté ? Ce devoir demande une
force particulière, un esprit profondément religieux. Comme le corps peut être guéri, l'esprit
et le cœur peuvent et doivent être réconfortés,
relevés. Le même rôle que le médecin joue

auprès des malades est celui que remplit auprès
des prisonniers ce salutaire conseiller qui les
visite dans leurs cachots étroits et solitaires,
pour leur faire abjurer leurs erreurs par ses
bienfaisantes exhortations. Assouplir l'esprit
endurci d'hommes qui sont tombés si bas
est une œuvre pleine de difficultés et féconde
en soucis. Celui qui s'attache à cette tâche pénible, qu'il soit ecclésiastique ou simplement
philanthrope, a toujours choisi une noble
mission : il se sacrifie à l'humanité, et le Tout-
Puissant bénira son œuvre pénible, mais salutaire. Il faudrait trop de temps pour préciser
les diverses situations de la vie où nous sommes
en état de faire paraître notre dévouement.
Disons que celui qui veut être utile à ses semblables et les servir, trouve toujours et partout
de nombreuses occasions de soulager ses frères
indigents et de leur témoigner une efficace
sympathie.

V

Non loin du dévouement, nous trouvons, sur l'arbre de lumière de la patience, un autre admirable rameau : la persévérance. Sans constance, on ne fait sur terre rien qui vaille ; sans persévérance, jamais on ne réalise de progrès, on demeure immobile en l'état où l'on se trouve. Il n'est pas rare qu'en face des difficultés d'un travail que ne réussissent pas à surmonter maints efforts, irrité et découragé on abandonne tout, en s'écriant avec désespoir : « Je ne peux pas ; c'est trop ardu, je n'y arriverai pas. » Mais pensez-vous qu'il vous soit absolument impossible d'achever le travail commencé ? Sans doute, il ne vous a manqué que la persévérance et la patience nécessaires. Encore quelques efforts, encore un peu de courage, et, bientôt, vous alliez atteindre l'objet de vos désirs ; vous franchissiez le prétendu obstacle. L'entreprise la plus aisée présente toujours quelques difficultés : gardons-nous de les dédaigner ou d'en exagérer l'importance. Considérons plutôt que ce n'est pas trop de toute notre persévérance pour mener l'œuvre à bonne fin. Tout commencement, en effet, est difficile ; toute entreprise nous présente des difficultés et des obstacles, et partout nous avons à lutter contre des préjugés. Mais ne nous décourageons pas, persévérons dans notre travail ; notre patience et notre constance seront récompensées. Dans tous les chemins de la vie, nous trouvons des pierres qui peuvent nous blesser : sachons les écarter. Ne doit-on pas, quand on cueille une rose, faire attention pour éviter les épines ? de même dans les actes de la vie, appliquons notre patience et notre persévérance à vaincre tous les obstacles : ainsi nous atteindrons le but de nos efforts.

Jetons un regard sur le monde des artistes. Nous y trouvons de nombreux exemples des triomphes dus à la persévérance. Un peintre ne

doit-il pas travailler avec grand soin au tableau
auquel il attache sa gloire, donner une attention
particulière à chaque partie, à chaque trait,
pour en faire, à force d'étude, une œuvre belle
et parfaite ? Le sculpteur, qui d'un bloc de marbre brut fait une magnifique figure, une statue
pleine de vie, n'a-t-il pas besoin de persévérance jusqu'à ce que son travail ait pris la forme
d'une œuvre d'art ? Certes ! tout maître, tout
grand artiste, quelque béni qu'il ait été du Seigneur pour le talent ou le génie, doit employer
toute son âme et toute sa persévérance pour
atteindre à la perfection.

Il en va de même pour toutes les grandes
découvertes et inventions. Colomb, qui « a donné
au monde un monde », n'est-il pas, par toute sa
vie, par ses infatigables labeurs, par ses peines
de toutes sortes, si vaillamment supportées,
enfin par la gloire suprême qui récompensa tant
d'efforts, le plus admirable exemple de persévérance que l'on puisse proposer aux hommes ?
En considérant la vie de cet homme éminent,
on voit ce que peuvent la patience, la persévérance, le dévouement, l'abnégation. De tous

côtés, les plus grands obstacles se dressaient sur sa route : ses ennemis le menaçaient, pour l'empêcher, malgré ses lumineuses prévisions, de découvrir une contrée encore inconnue, qu'avait pressentie ce grand génie, si longtemps persécuté. Mais sa constante patience et son inébranlable courage le firent triompher de toutes les difficultés : Colomb obtint le plus glorieux triomphe en atteignant le but de ses plus ardents désirs.

Quiconque aborde une nouvelle entreprise, ou apporte au monde une idée nouvelle, se heurte ainsi à des oppositions, même à des hostilités, dont il ne triomphe qu'avec peine. Car le monde vit de routine. Mais, courage ! les préjugés seront vaincus. Quelle joie pour nous, au jour du succès, d'avoir, avec une constante patience, continué notre chemin ! Quelle satisfaction pour notre conscience morale, quand nos efforts sont enfin couronnés ! L'histoire nous fournit bien des exemples de la plus héroïque et de la plus victorieuse persévérance ; elle nous invite à imiter les héros qui s'illustrèrent par ces vertus ; et, si les occasions sont rares, où nous soyons à même de faire de grandes choses, ces nobles exemples nous enseignent du moins quelle persévérance est nécessaire pour achever avec succès des travaux moins considérables.

Mais jamais nous ne mettrons notre persévérance à persister dans une mauvaise habitude. Non ! nous serons au contraire inflexibles pour combattre nos défauts et nos mauvais penchants jusqu'à ce que nous en soyons débarrassés. Enrichir le trésor de notre bonté, écarter de nous tout ce qui est mal, voilà quel doit être le but constant de nos efforts. Dieu nous a donné une volonté libre pour nous élever : l'homme seul peut monter par degrés jusque vers les plus hauts sommets de la perfection. Aussi est-ce pour lui un devoir sacré de ne reculer devant aucun obstacle, pour approcher, avec résolution, avec courage et patience, toujours plus près du but élevé qui lui est proposé, et qu'il doit s'efforcer d'atteindre.

VI

Près de la persévérance, cette branche si féconde, s'étend sur notre éclatant flambeau un autre bras, une branche également fertile de notre arbre de lumière. C'est la résignation, qui nous console sur les chemins pénibles et souvent douloureux de la vie.

De même que nous devons être accommodants avec notre prochain, de même la résignation nous commande d'accepter volontiers et patiemment notre destinée, en un mot de nous en « accommoder ». Elle nous engage, en invoquant le sentiment religieux et le courage, de recevoir les plus rudes coups du sort sans cris et sans murmures. Quand Dieu nous envoie des malheurs, nous n'avons pas à nous révolter.

Oui, quand le bras du Tout-Puissant nous atteint
dans nos biens les plus chers, quand il nous
impose les plus lourds fardeaux, nous devons
apprendre à les supporter avec patience et
résignation. Voyez l'époux aimant enlevé à son
épouse, à la mère son cher enfant ! Quels coups
terribles ! C'étaient, entre ces êtres si étroitement unis, des rapports si intimes ! et voilà
brisés, d'un seul coup, les liens qui devaient
durer toute une vie humaine ! La mère a entouré
de tous ses soins son enfant malade, veillé
jour et nuit, le cœur tremblant, près de son
berceau, et elle voit cet amour de son âme
emporté par la mort ! Cette infortune ne dé-
chire-t-elle pas le cœur ? Ne pouvait-on pas
croire que cette épouse si éprouvée, cette mère
si attristée élèveraient des plaintes contre les
volontés de Dieu, se croiraient fondées à murmurer contre le Tout-Puissant ? Mais non.
Aucune accusation ne sort de leurs lèvres. Leur
cœur, sans doute, est plein d'une inexprimable
douleur : mais elles ont une divine consolatrice,
la religion, qui leur crie : « Vous êtes les enfants
de l'Éternel, votre Dieu ; ne vous abandonnez

pas, à cause des morts, à une douleur désespé-
rée. » Aussi, sacrifiez votre cœur dans sa douleur
comme une victime au Seigneur, car : « La
fumée des sacrifices n'est odorante que quand
la flamme les consume. Souffre en patience, ô
cœur ; ainsi tu es digne de Dieu ! »

  Oui, comme un ange tutélaire, la religion
nous assiste dans notre douleur, met un baume
sur nos profondes plaies, et nous apprend à supporter ce qui d'abord ne nous paraissait pas
supportable. Elle nous donne la force, nous
arme de patience et nous rend le repos, qui est
dans la résignation aux volontés de Dieu.
Sainte résignation, qui éclaire nos âmes d'une
lumière plus douce, car, dans la plus sombre nuit
du malheur, brillent deux consolantes étoiles :
l'espoir pour la terre, et l'immortalité pour le
ciel.

  Nos chers disparus ne sont plus, il est vrai,
près de nous ; leur apparence terrestre s'est éva-
nouie, tombée en poussière, retournée à la terre
d'où elle avait été tirée ; mais eux-mêmes vivent,
dans leur être spirituel, comme le dit un poète :

« Et, fût-il très cher, celui qui est mort est parti ;
l'esprit vole au ciel, le limon est dans la tombe. »
L'âme s'est envolée vers Dieu, qui l'avait créée
et nous l'avait donnée. Auprès de l'Éternel, elle
continue à vivre, et quand un jour, après une
carrière vertueuse, nous aussi nous quitterons la
terre, nous retrouverons nos chers morts là-bas,
dans ces régions sereines où l'on ne connaît
plus ni douleur ni séparation.

Mais la pensée de les revoir ne doit pas seulement nous consoler et nous faire supporter
notre peine. La religion doit aussi nous donner la force de nous élever au-dessus de notre
chagrin. Sans doute, nous ne devons pas rester
indifférents quand disparaissent des parents
aimés, de tendres amis, ce qui prouverait une
grande dureté de cœur. Mais nous ne devons
pas, perdant tout courage, nous livrer à un
sombre désespoir. Soucis, pertes, chagrins,
sont des pierres de notre chemin : mais qu'elles
deviennent des pierres de touche pour notre
cœur, et aussi des pierres indicatrices sur le
chemin de notre vie vers Dieu. Si nous étions
toujours heureux et entourés d'amis, nous

oublierions facilement notre Père céleste. Mais les coups du sort donnent à notre pensée une direction plus sérieuse : nous reconnaissons alors combien est passager tout ce qui est de ce monde, et notre esprit s'élève par la contemplation des vérités immuables qui dominent les choses de la terre.

Il est facile de remercier l'Éternel pour les bienfaits qu'il nous accorde ; mais nous devons aussi le remercier pour le mal comme pour le bien, lui montrer même dans le malheur notre esprit d'obéissance. Nous devons, d'un cœur égal, recevoir de sa main paternelle la douleur comme la joie. Il est et reste immuablement notre Dieu et notre Père, dans l'infortune comme dans le bonheur. Bénissons toujours ses sages décrets, confions-nous avec patience et joie à sa sainte volonté ! Voilà ce que nous enseigne la résignation.

Tous les biens que Dieu nous a prodigués peuvent être anéantis d'un instant à l'autre. En un jour nous pouvons perdre toute notre fortune. Le paysan qui a cultivé de riches campagnes, et qui compte sur une bonne récolte, peut la voir en une heure anéantie par un coup de grêle. Le marchand qui attend de précieuses marchandises que ses vaisseaux doivent lui apporter des pays lointains peut les perdre en un instant par une violente tempête ! Voilà ces pauvres gens ruinés ! Mais la religion est là, qui apporte l'aide et la consolation. Les gens résignés en Dieu élèvent au ciel un pieux regard, et s'écrient : « Dieu nous l'a donné, Dieu nous l'a repris : que son nom soit béni que sa sainte volonté soit faite ! » Qu'ils se sentiraient malheureux si, avec leurs biens, ils avaient perdu tout courage ! Mais Dieu leur a donné la fermeté d'âme, pour se relever, pour recommencer le travail, et, avec l'aide divine, ils parviendront à réparer leurs pertes. Aussi devons-nous penser sans cesse à l'Éternel, notre Dieu, car lui seul donne la force qui fait acquérir la fortune. Prouvons-lui notre reconnaissance, notre obéissance, notre résignation, en subissant avec patience les revers, en préparant énergiquement nos forces pour l'avenir, et la résignation nous élèvera vers Dieu.

VII

De même que la racine et le tronc servent à soutenir l'arbre, en même temps qu'ils l'ornent et accroissent sa beauté, de même notre admirable flambeau, notre arbre de lumière, si riche en brillantes vertus, est couronné par la plus haute et de la plus parfaite des vertus : la patience.

Portée à son plus haut degré, la patience marque la victoire suprême de la volonté ; elle devient, comme on le dit communément, l'empire de l'homme sur soi-même. L'homme ne peut ni ne doit faire, ou chercher à faire, tout ce qu'il veut. Il doit se demander d'abord si ses désirs sont conformes au bien. Si quelque violent désir nous trouble, nous ne devons pas aussitôt chercher à le réaliser, mais plutôt nous efforcer d'oublier qu'il s'est glissé dans notre cœur. L'intérêt même de notre repos nous le commande. Auparavant, en effet, nous vivions heureux et tranquilles; si nous surmontons notre convoitise, la tranquillité rentrera en nous. Tout renoncement exige, sans doute, de la patience, et, souvent, coûte de la peine. Mais nous devons persévérer. Restons toujours maîtres de nous-même; sachons enchaîner nos passions, éviter les démarches irréfléchies.

Nous ne devons pas laisser toujours libre cours à nos sentiments, à nos paroles et à nos actions : il est quelquefois utile de les entraver. Que l'empire sur nous-même nous conduise à la modération et à la mesure. Cette règle s'applique non seulement à nos désirs et à nos convoitises, mais aussi à toutes les passions. Si nous éprouvons quelque douleur, nous ne devons pas fatiguer de nos plaintes notre entourage, mais nous efforcer d'être gais et de comprimer notre souffrance, autant que nous en avons la force. C'est là, proprement, se dominer soi-même. Il nous faut aussi maîtriser notre colère, adoucir notre irritation, apaiser notre nature trop prompte, chasser de notre cœur toutes les pensées mauvaises, et sans cesse nous combattre nous-mêmes, pour sortir du champ victorieux, purs, forts par la vertu. Cette victoire sera la plus belle quand elle sera remportée en l'honneur de la justice et de la vérité !

Il ne faut pas entendre, par l'empire sur soi, que nous devions cacher nos sentiments, apprendre à dire ce que nous ne pensons pas, nous habituer à faire autre chose que ce que nous pensons : ce serait de la fausseté. Gardons-nous de ce vice, pernicieux pour nous comme pour nos semblables. Au contraire, l'empire sur soi demande cette énergie qui nous fait persévérer dans la vérité, même quand nous en souffrons. Si pénible qu'il nous paraisse de dire ou de faire ce qu'il faut, quand la vérité l'ordonne, nous devons chercher à vaincre nos hésitations, à maîtriser nos répugnances, et, malgré les obstacles, rester, sans condition, fidèles au bien.

Jamais nous ne serons trop maîtres de nous-mêmes. Tous nos efforts, soit que nous nous observions avec soin, soit que nous nous imposions l'obligation d'exécuter la loi morale, doivent tendre à nous maintenir toujours dans la bonne voie. Agissons toujours de manière à mériter l'agrément de Dieu et l'estime de nos semblables, à garder toujours notre propre conscience pure et claire.

Cultivons la patience avec autant de soins qu'autrefois le prêtre, dans le temple, en montrait pour le saint flambeau. Lui aussi était orné des sept vertus. Car le vrai prêtre doit être plein de douceur et d'indulgence, attentif et appliqué à faire revenir son troupeau de ses erreurs et à le guider d'une main sûre dans le sentier escarpé de la vertu. Il enseigne et pratique la conciliation non seulement en se montrant lui-même facile, patient et magnanime, mais surtout en intervenant avec équité pour rétablir l'ordre et la justice, et pour aplanir pacifiquement tous le différends. Il est tout dévoué à sa noble et belles mission ! Il apporte aux malades la consolation, aux affligés le réconfort, aux pauvres le secours; et, par ses paroles pieuses et bienfaisantes, il fait rentrer la paix dans les cœurs agités et accablés. Plein de persévérance, portant l'amour de Dieu dans son cœur, ayant la patience comme compagne et consolatrice, il tend sans cesse vers le but moral le plus élevé. Il supporte les plus rudes coups du sort avec une sainte patience, avec une entière résignation, car la volonté de Dieu est sa volonté. Son « moi » n'existe plus pour lui ; il ne vit plus que pour ses semblables, pour son Dieu ; il montre ce que peuvent accomplir l'abnégation et l'empire sur soi-même.

J'espère et je crois avoir justifié mon avis, et prouvé véritablement à mes amis que la patience mérite d'être appelée la mère de toutes les vertus. Si mes amis m'ont écoutée avec une bienveillante patience, s'ils ont suivi mon modeste travail jusqu'à la conclusion, j'attends leur jugement avec patience et résignation. Je pense qu'ils m'approuveront, et qu'à l'ombre de cet arbre magnifique à sept branches, d'où nous viennent dans un éclat céleste la lumière et la vérité, nous consoliderons dans l'amour et la fidélité les liens de notre amitié.

JE NE PEUX PAS

JE NE PEUX PAS

« Je ne peux pas ! » Que de fois l'on répète ces mots sans en peser le sens ! Et pourtant, quelle importance ils ont dans la vie !

On peut presque juger du caractère d'un homme à l'usage rare ou fréquent de cette phrase, et même, au ton dont elle est prononcée, on peut reconnaître quel est son esprit. Cherchons les circonstances principales dans lesquelles on l'emploie, et nous verrons combien il est rare que les hommes soient en droit de s'en servir pour se justifier.

Que de fois il arrive que nous reculons devant les difficultés d'un travail, et que, pleins de découragement et de colère, nous nous

écrions : « Je ne peux pas! » Cette exclama-
tion signifie que nous reculons devant une
tâche que nous jugeons trop difficile. Mais
n'étions-nous pas vraiment en état d'achever le
travail entrepris? Souvent il ne nous a manqué
que la persévérance nécessaire, et si nous avions
repris le travail après une pause, nous aurions
pu découvrir la faute commise et surmonter
la prétendue difficulté. Que de gens com-
mencent un travail, puis l'arrêtent en son
milieu, prétextant qu'ils ne peuvent l'achever!
Cela n'est pas seulement manque de persévérance, mais paresse, et, plus souvent, caprice.

Si au milieu de nos occupations on nous
appelle pour entendre une personne qui vient
nous présenter une requête, nous disons volontiers, sans plus hésiter : « Je ne peux pas, »
parce qu'il nous est désagréable de laisser là
notre besogne. Mais nous ne pensons pas que
peut-être nous chagrinons beaucoup notre
visiteur. Nous suivons toujours notre disposition personnelle, ou le caprice du moment. Nous
différons l'exécution d'un devoir, qu'à la
réflexion nous n'aurions pas rejeté. — On

demande à une personne un service qu'elle peut notoirement nous rendre : elle répond : « Je ne peux pas ». Une telle réponse indique souvent que cette personne n'a pas confiance en soi-même. Mais que l'on éveille en elle l'assurance, et la force revient.

C'est surtout au moral que cet aveu d'impuissance est grave. C'est manquer d'empire sur soi-même que de se déclarer impuissant à faire son devoir. Cette observation s'applique aussi bien aux relations mondaines. Que de fois rencontrons-nous des personnes qui nous paraissent désagréables, et avec lesquelles pourtant il faut que nous ayons des rapports ! Nous nous raidissons, nous crions : « Je ne peux pas. » Si nous triomphions de ce sentiment, nous verrions que sans aller jusqu'à une étroite amitié nous pourrions entrer en relations avec ces personnes. Quand nous avons eu quelque tort envers un ami, même si nous comprenons notre erreur, peut-être nous refuserons-nous, malgré de vives instances, à demander pardon à l'offensé. Nous répèterons encore : « Je ne peux pas. » Pourquoi ? Parce qu'un faux orgueil nous empêche de confesser notre tort et notre faute. Mais nous devons et nous pouvons vaincre cet orgueil : ainsi l'ordonne notre devoir envers nos semblables et envers nos amis. L'homme peut tout ce qu'il doit, pourvu qu'il le veuille sérieusement. Les devoirs que nous avons assumés et ceux que nous impose la vie, nous devons fidèlement les accomplir, et, si nous rencontrons des difficultés, des désagréments ou des contrariétés, nous n'avons pas le droit de nous écrier : « Je ne peux pas. » Le devoir commande, nous devons agir.

Mais si peu que nous ayons le droit de dire : « Je ne peux pas » quand le devoir parle, il y a pourtant des cas où nous devons crier : « Je ne peux pas, je ne dois pas. » Nous demande-t-on une chose indigne de nous? nous devons dire : « Je ne peux pas, » quel que soit celui qui nous sollicite, et quelque avantage que nous puissions retirer de nos actes. En agissant autrement, nous violerions une loi, et nous nous ferions tort à nous-mêmes, car une mauvaise action nous ferait rougir devant notre propre conscience. Par exemple, un fidèle ami m'a confié un secret qu'il a le plus grand intérêt à laisser ignorer : un autre ami, me sachant en possession de ce secret, cherche à me l'arracher, en me promettant de satisfaire un grand désir que j'ai depuis de longues années et dont l'accomplissement dépend de lui. Rejetant la trahison qu'on me conseille, je crie avec plein droit : « Je ne le peux pas, je ne le dois pas. » Ou si un homme d'État, qui n'a pas toujours eu une vie heureuse, reçoit d'un prince, dans un temps où les rapports de sa patrie avec ce prince sont troublés par des contestations, la promesse d'être comblé d'honneurs et de richesses, s'il sait faire tourner la querelle au profit de l'étranger, au détriment de son pays, à cette proposition se révoltent tous les meilleurs sentiments du patriote, et, méprisant tout, il s'écrie et doit s'écrier : « Je ne le peux pas, je ne le dois pas. »

TROP TARD

TROP TARD

C'était un beau matin de printemps. La nature s'épanouissait, et la douce fraîcheur de cette belle matinée m'invitait à sortir pour respirer l'air pur. Après une promenade assez longue, je m'assis sur un banc sous un arbre ombreux, et je tombai dans une douce méditation. Je fus éveillée de mes rêves par le son rapproché de la cloche du chemin de fer. Je regardai ma montre, il n'y avait plus que quelques minutes avant midi. Soudain j'entendis le bruissement d'une robe, et au même instant, une dame, essoufflée, un sac de voyage à la main, passa en courant près de moi. Mais le second coup, bientôt le troisième résonnait :

puis le sifflet, et de loin je vis le train quitter lentement la gare. La pauvre dame n'avait pas pu l'atteindre : elle était arrivée trop tard.

J'eus vraiment de la peine pour elle, car, pensais-je, qui sait quels désagréments elle s'est préparés par ce retard de quelques minutes. Ces deux mots « trop tard » me provoquaient à la réflexion, et comme, souvent, des événements insignifiants font naître des pensées qui s'é-tendent à des considérations plus élevées et plus importantes, la pensée me vint de tout le tort que l'homme peut se faire par une faute si mince en apparence. Je cherchai à me repré-senter les conséquences variées d'un « trop tard » dans la vie d'un homme, et je vérifiai la justesse du proverbe : « L'homme est l'artisan de son propre bonheur. »

On tient un retard pour une faute sans im-portance, et on croit s'en justifier par la plus légère excuse. C'est pourtant, en vérité, une négligence grave du devoir, qui souvent im-plique un manque d'égards pour les autres. Si on arrive trop tard, quand on est attendu, c'est souvent pour avoir mal distribué son temps : on était occupé par un travail ou par un entretien, et l'on n'a pas voulu les quitter, sans penser que pour le moment on avait d'autres obligations : ainsi arrive-t-on une demi-heure ou une heure plus tard qu'il n'était convenu.

C'est manquer à l'exactitude et c'est manquer aux convenances. Les conséquences de cette négligence peuvent être beaucoup plus graves qu'on ne le croit, car souvent il en résulte des brouilles. L'ami, qu'on a fait attendre, n'accepte pas toujours l'excuse donnée : les relations deviennent tendues, l'amitié s'en va. Si des retards, insignifiants en apparence, ont des conséquences si fâcheuses, que dire de ceux qui se produisent en des circonstances plus importantes, par exemple au sujet d'un travail promis, dont la livraison est différée ! Voici un ouvrier, à qui on a commandé pour un jour fixé un travail qu'on veut donner en cadeau de première communion à une amie. Il a promis de livrer son travail à terme ; mais il ne tient pas sa parole. Voyez les résultats : non seulement vous êtes privée de la joie de faire un présent à votre amie, mais l'ouvrier se nuit à lui-même, car par le retard qu'il apporte à la livraison de son œuvre, il perd votre confiance, et voit diminuer la clientèle dont il a besoin pour gagner sa vie.

Le manque de ponctualité et d'ordre dans le règlement du temps peut facilement troubler le bonheur et la paix de toute une famille. Dès le matin, si le déjeuner est prêt trop tard, les enfants arrivent en retard en classe, sont blâmés, quoiqu'il n'y ait pas de leur faute, sont punis, retenus à l'école, et finalement arrivent trop tard à la maison pour le repas. Le père attend, de fort mauvaise humeur parce qu'il est pressé d'aller à ses affaires. Ainsi tout le jour se passe sans que rien ait été fait au moment exact; la hâte fait oublier ou différer le plus nécessaire. Personne n'est content, chacun rejette la faute sur l'autre, et mille petits désagréments, qui viennent de ces négligences, troublent la paix domestique. Les petites affaires et les petits soins, si on les diffère d'un jour à l'autre, sont finalement oubliés. S'en occuper trop tard, c'est manquer le but qu'on se proposait, et substituer à la joie qu'on s'était promise, du dépit et de l'ennui. Si on avait un peu plus tôt commencé le travail destiné à la fête de la mère, si on avait écrit plus tôt la lettre qui devait arriver pour le jour du mariage d'une amie, on aurait pu éviter tant de désagréments. Parce que peut-être on n'a pas su se détacher d'un plaisir, le présent et la lettre arrivent trop tard à leur destination. S'il s'agit de parents qui vivent éloignés de leurs enfants, le jour de fête devient pour eux un jour d'inquiétude, parce qu'ils n'ont pas reçu de nouvelles ; ils sont soucieux, leur joie est toute gâtée. Tout cela est la conséquence du manque d'ordre dans la disposition du temps, ou plutôt d'un usage maladroit du temps. Si l'on est plongé dans un livre captivant, on est absorbé, on se laisse entraîner à lire ou à causer au delà du temps permis, et, ou bien on néglige son devoir, ou bien on l'accomplit mal, car on est pressé, pour n'avoir pas su ménager son temps.

Cette négligence de nos devoirs, ce perpétuel « trop tard » ne vient pas seulement du manque d'ordre dans la disposition des heures, mais aussi du manque d'empire sur nous-mêmes. Quand,

par exemple, nous avons à faire un travail
pénible, à accomplir une lourde tâche, nous la
différons de jour en jour, parce qu'elle nous pèse.
Nous n'avons pas le courage de la commencer ni
la patience de l'accomplir avec sérieux et calme,
et nous la laissons là en disant : « Demain certainement je travaillerai. » Le lendemain arrive,
et nous trouvons toujours un nouveau prétexte
pour nous soustraire à cette tâche en apparence
si pénible : et ainsi passe le temps, jusqu'au jour
où nous renonçons complètement au travail, en
déclarant que c'est maintenant surtout qu'il est
« trop tard. »

Souvent aussi nous nous rendons coupables
de retard, quand il faut reconnaître et réparer un tort. Nous sommes trop orgueilleux,
trop personnels pour reconnaître que nous
sommes bien loin d'avoir raison. Nous blessons
une amie par une conduite peu amicale, par
une réponse tranchante, par notre froideur.
Nous voyons bien que c'est avec justice qu'elle
se sent atteinte et offensée. Si nous lui deman-
dions pardon tout de suite, ou si nous faisions
notre possible pour apaiser l'offensée et lui

prouver que nous n'avions pas de mauvaise intention, nous serions réconciliées et notre faute serait réparée. Mais c'est une victoire sur nous-mêmes que de reconnaître nos fautes, nous sommes faibles contre nous-mêmes, nous remettons toujours l'exécution de notre décision, jusqu'à ce qu'il soit trop tard, et que nous ayons perdu notre amie, peut-être pour jamais.

Disposons toujours notre temps assez sagement pour pouvoir accomplir exactement tous nos devoirs, pour n'avoir jamais à dire : « Il est trop tard. »

Il n'est jamais trop tard pour faire le bien. Souvent on se sert de l'excuse qu'il est trop tard pour ne pas faire ce qu'on n'aime pas. Nous n'aimons pas à être dérangés dans nos mauvaises habitudes, si préjudiciables qu'elles nous soient. S'il faut nous en débarrasser, nous disons que nous les avons depuis des années, et que, par suite, nous ne pouvons plus nous en affranchir. Non ! si longtemps que nous ayons fait ce qui ne devait pas être fait, nous devons quand même chercher à nous modifier. Aussi devons-nous combattre tous les défauts que nous

reconnaissons en nous. Employons à cette lutte
toutes nos forces : si enracinés que soient nos
travers, nous pouvons, nous devons chercher à
les extirper ; il n'est jamais trop tard pour nous
améliorer et nous perfectionner.

L'EMPLOI DE L'ARGENT

L'EMPLOI DE L'ARGENT

LETTRE

« Ma chère amie,

« Tu prends toujours une part si grande à tous les événements qui m'intéressent, tu as toujours partagé mes petits soucis et mes joies silencieuses avec tant de fidélité et d'affection, que je veux te faire aujourd'hui une communication assez longue, mais intéressante, je crois, et réclamer en même temps tes conseils d'amitié. Je viens de recevoir de mon oncle Alexandre, qui habite New-York, deux cents dollars, environ

cinq cents francs, comme présent du nouvel an.
Tu peux t'imaginer la joyeuse surprise que m'a
causée ce cadeau considérable, et comme c'est
la première fois que je me vois en possession
d'une somme aussi importante, j'ai résolu de
l'employer à mille usages utiles et profitables.

« Je tiens donc à t'esquisser mon petit plan.
Avant tout, tu me demanderas, sans doute, qui
est cet oncle Alexandre, cet oncle d'Amérique,
et comment il a eu la belle idée de faire à sa
nièce un si riche présent ? Je ne laisserai pas
longtemps ta question sans réponse. Mon oncle
est le plus jeune frère de mon cher père. Après
avoir entrepris ici des affaires qui ont très bien
réussi, il fut fiancé à une ravissante jeune
fille, âgée d'une vingtaine d'années, qu'on pouvait à juste titre appeler un idéal de grâce et de
beauté. Tout était prêt pour le mariage ; de près
et de loin les parents étaient venus, quand tout
à coup la malheureuse Louise — ainsi s'appelait
la jeune fiancée — tomba gravement malade,
et, au bout de cinq jours, elle était arrachée
aux siens et à ceux qui l'aimaient. Ma plume ne
peut te décrire la douleur et la consternation

de la famille tout entière, mais ce qui me fit une impression particulièrement pénible, ce fut le sombre désespoir de mon oncle. Nous craignions bien qu'il ne devînt fou de chagrin, mais ses sentiments de piété parurent l'élever peu à peu au-dessus de ce terrible coup du sort. Je crois que, s'il avait pu entrer dans une retraite, il se fût retiré du monde et se serait enseveli dans la solitude volontaire. Pendant longtemps, en effet, il ne voulut rien savoir du monde, et tout ce qui lui rappelait ses anciennes relations lui faisait un si grand mal, qu'il se résolut enfin à quitter l'Europe, et à commencer en Amérique une nouvelle existence. La veille de son départ il nous dit : « Le Tout-Puissant m'a repris tout ce qu'il m'avait donné en si grande abondance. Je croyais posséder le bonheur... Aussi, aujourd'hui que je suis dans l'infortune, je veux employer toutes mes forces à réjouir ceux qui m'aiment, et en particulier à aider au bonheur des hommes qui ont été comme moi frappés par la destinée ! » Avec cet admirable projet dans le cœur, il réalisa tous ses biens, s'embarqua, et s'établit à New-York. Là il décupla sa fortune et accomplit ses projets avec une fidèle persévérance. Maintenant, il étend jusqu'à moi sa bonté et sa libéralité : il m'envoie souvent de petites sommes pour les employer à mon gré, et c'est ainsi qu'au premier janvier j'ai reçu de lui cette preuve nouvelle de sa munificence.

« Permets-moi, ma chère amie, de te dire comment je compte employer cet argent, et je te prie de considérer en marge les chiffres que j'ai alignés. Avant tout, j'aurai pour quarante francs un médaillon où je veux mettre une boucle de cheveux et la précieuse image de la malheureuse Louise ; je crois que mon oncle le verra avec plaisir. — Mon poète favori est Schiller, et je voudrais, pour dix francs, avoir ses admirables œuvres fort bien reliées, pour en orner et enrichir ma petite bibliothèque. Par la splendeur de ses belles et nobles idées, il me réserve des heures agréables. Tu sais que je considère la lecture des romans comme une occupation frivole et dangereuse. Ils sont trop souvent mauvais, gâtent notre goût, et nous font dépenser inutilement un temps précieux à la

lecture d'histoires extravagantes. — Mais, par
opposition, j'aime à goûter un ouvrage sérieux,
instructif et bien écrit. — N'es-tu pas, toi
aussi, de cet avis, ma chère Marie ?

« De plus, je voudrais m'offrir une excursion
à Nuremberg, Munich et Dresde, que je désire
depuis longtemps visiter; il me tarde de voir ces
grandes villes, si intéressantes. J'aime l'art, la
poésie, la nature et la science, tout ce qui nourrit
l'esprit, enrichit l'âme d'images nouvelles et je
crois qu'un tel voyage peut à tous ces égards
m'être très profitable. J'ai toujours trouvé, en
effet, que les voyages n'offrent pas seulement
une distraction agréable, mais aussi peuvent
servir, pour celui qui sait bien employer son
temps, à former l'esprit et à l'étendre. On affer-
mit ses connaissances historiques ou géogra-
phiques bien mieux par ce qu'on voit que par
ce qu'on lit dans les livres. En tout cas, mon
expérience personnelle m'apprend que, lorsque
je suis revenue de Suisse, je connaissais très
exactement cet admirable petit pays, et chaque
endroit auquel se rattache quelque événement
historique s'était fixé dans ma mémoire. —

Pour cette petite escapade j'ai besoin d'au moins deux cent cinquante francs, et il me faudra encore dépenser mon argent avec beaucoup de circonspection, car on n'est que trop porté à se permettre beaucoup de luxe en voyage.

« Ne crois pas pourtant, ma chère Marie, que je veuille dépenser pour moi toute cette somme ; je ne suis pas aussi égoïste. Quand on est soi-même heureux, on sent le besoin de voir les autres satisfaits et contents. Notre chère Emma désire déjà depuis longtemps une table à écrire ; il y a quelques jours, j'en vis une à vendre dans une boutique, pour trente francs, et elle me plut beaucoup pour sa commodité et son joli aspect. Je voudrais donc faire avec ce meuble pratique une agréable surprise à ma bonne Emma pour le jour de son anniversaire.

« Je continue. — Notre domestique va se marier dans quinze jours, et elle se plaignait à moi hier de n'avoir pu acheter encore une robe pour son mariage ; je lui promis qu'elle en recevrait une de moi, et qui lui plairait. Je crois bien que, pour quinze francs, j'en trouverai une en rapport avec sa condition ; j'ai aussi l'intention d'y

joindre un col et des manches, c'est une attention que je lui destine en particulier, et qui
montera environ à cinq francs. Je me réjouis
déjà à l'idée de voir sa mine joyeuse. Elle nous
a servis fidèlement et honnêtement depuis dix
ans, et, en dehors de ce que mes parents font,
naturellement, pour elle, je lui dois, moi aussi,
une petite marque de reconnaissance.

« Je t'en prie, écoute encore un peu ! Il y a
quelques semaines, je reçus une lettre anonyme ;
elle était signée : « Un voisin chrétien. » L'in-
connu, l'inconnue peut-être, me dépeignait la
situation lamentable d'une respectable famille
israélite ; le nom et l'adresse étaient indiqués
exactement. Cette lettre énigmatique excita,
d'abord, je dois l'avouer, ma curiosité, et je
voulus m'assurer moi-même si la peinture était
fidèle. Je me rendis donc à la maison indiquée,
et je ne trouvai la description, hélas ! que trop
exacte. Je fus émue par le tableau misérable qui
s'offrait à mes yeux. Laisse-moi te représenter la
situation affreuse de ces gens pauvres, mais hono-
rables. Figure-toi huit personnes qui n'ont ni
pain ni vêtements. Le père, autrefois marchand

aisé, perdit tout son avoir dans de malheureuses spéculations, et par les fraudes de malhonnêtes gens. Il avait entendu vanter la bienfaisance de notre ville, et se résolut à venir ici. Il y trouva bientôt des personnes charitables qui lui donnèrent tout le nécessaire ; mais un nouveau coup, bien rude, devait frapper encore cette famille si éprouvée. La fille cadette marchait un soir à huit heures dans la rue, tenant une bouteille de bière qu'elle était allée chercher pour son père : il y avait du verglas, la pauvre enfant glissa et tomba avec la bouteille, qui se cassa en mille morceaux A ses cris, les voisins accoururent; ils trouvèrent la fillette sans connaissance, le visage plein de sang, et tout affligés de ce malheur, ils portèrent la pauvre petite chez ses parents. Quand on l'eut fait revenir à elle, et qu'on eut lavé son visage blessé, on constata qu'un des yeux était fortement lésé. L'habile médecin qui fut appelé aussitôt employa tous les moyens pour le sauver, mais il ne le put, et le lendemain il dit, avec tous les ménagements possibles, aux parents bouleversés, que cet œil ne verrait plus. Tu peux te représenter le désespoir de ces parents, si souvent visités par le malheur. Mais pour ne pas aggraver encore le chagrin de la pauvre enfant, ils ne prononcèrent que des paroles de recueillement, et, avec une soumission touchante, s'en remirent à la volonté du Père céleste. Les soins attentifs et constants, les remèdes, la rémunération du médecin avaient emporté les derniers restes de leurs maigres ressources, et ils doivent maintenant, dans une nécessité si pressante, avoir recours à l'aide des personnes bienfaisantes. C'est à ce moment que j'arrivai, et sans donner mon nom, ni faire connaître l'occasion de ma visite, je m'enquis exactement de leur situation, et je dois dire que toute la famille me fit une très bonne impression. La femme était calme, réservée dans toute son attitude, et elle s'exprimait avec beaucoup de retenue sur sa triste misère. Comme elle et ses deux filles aînées sont très entendues à tous les travaux manuels, elles ne demandaient aucune assistance, mais seulement de l'ouvrage.

« Les jeunes filles étaient propres, l'air ouvert, et leurs manières, convenables et distinguées, m'enchantèrent complètement. Elles aussi di-

saient qu'elles voulaient s'occuper et se donner
toute la peine possible pour aider de leur travail
leurs chers parents. Après avoir, sans être
remarquée, déposé dix francs sur la table —
cette petite somme, n'est-ce pas? était bien
employée — je m'éloignai avec la ferme résolution de leur continuer mon aide. Ils m'ont
répété, avec une certaine fierté que je comprends
fort bien, qu'ils ne voulaient pas d'argent, mais
du travail. Pensant avoir trouvé le moyen de
leur être vraiment utile, je vais leur acheter une
bonne machine à coudre. Comme on peut
travailler avec cette machine six fois plus vite
qu'avec la main, ces braves gens pourront
gagner beaucoup en peu de temps, et ils ne
sauraient désirer mieux. J'allai chez Weiler, le
fabricant dont tu connais la bonne renommée. Je
m'informai auprès de lui des plus justes prix
en lui faisant connaître le motif pour lequel
j'avais besoin d'une machine à coudre. Volontiers il m'en céda une assez belle pour quatre-
vingt-dix francs. Je le priai de me la retenir,
devant lui rapporter dans quelques jours une
réponse décisive.

« Ce sera pour moi une joie très vive de donner à ces braves gens, selon leur désir, l'occasion de s'aider eux-mêmes. Je trouve qu'on doit s'efforcer, quand on fait le bien, comme d'ailleurs, en toutes circonstances, d'agir avec réflexion et d'une manière pratique. Il ne faut pas croire qu'un secours d'argent soit toujours et pour tous une aide suffisante. Je dirai, avec le peu d'expérience que j'ai pu acquérir en ces matières, que si l'on veut être vraiment utile aux nécessiteux, on doit avoir un double but devant les yeux : les aider matériellement, les élever moralement. Donner de l'argent n'est pas tout : il s'en faut. L'argent donné est souvent dépensé bien vite, et d'ordinaire pour des choses inutiles. Le pauvre que nous avons ainsi secouru se trouve alors sans ressources comme auparavant. Aussi doit-on l'engager à s'aider lui-même. Éveillons chez lui le sentiment de l'honneur. Faisons-lui sentir qu'il est plus digne de s'élever soi-même que de réclamer toujours l'assistance d'autrui. Les hommes apprennent ainsi à ne pas compter seulement sur leur prochain, mais à faire tous leurs efforts pour s'élever par le travail au-dessus de la misère. Quand le pauvre reconnaît que ce moyen est plus efficace que les aumônes, il reprend courage, rassemble ses forces et arrive, comme récompense, à avoir conscience que le travail contribue à la dignité et au respect beaucoup plus que ne font la fainéantise et la mendicité. Aussi pensai-je rendre le meilleur service à mes protégés, en leur faisant cadeau d'une machine à coudre ; elle leur inspirerait une plus vive ardeur au travail, et, par leur application et leur honnêteté, ils devaient chasser bientôt la pressante nécessité.

« J'espère, ma chère amie, que la petite dissertation philosophique qui précède ne t'a pas ennuyée. Si je pouvais supposer que tu lises sans intérêt mes pensées et mes impressions, je ne t'en ferais point part avec tant de détail.

« Écoute à présent comment je conçois la fin de mon beau projet, et ce que je compte faire avec les derniers cinquante francs. Je veux mettre de côté cette petite somme. En bonne fille de banquier, j'aime à me mêler de temps en temps aux affaires : je sais ainsi que les papiers de Saxe sont un placement sûr ;

j'achèterai donc pour ces cinquante francs une obligation.

« Mon cher père m'a dit souvent que lorsqu'on a cent francs, on doit en dépenser seulement quatre-vingt-dix-huit, et en mettre deux de côté, car on ne sait jamais si on ne viendra pas à en avoir besoin. Aussi je veux suivre en cette occasion son sage conseil, et mettre en réserve les cinquante francs pour des cas imprévus.

Voilà, ma chère amie, comment je veux employer la somme qui est entre mes mains. L'argent est malheureusement indispensable : sans lui nous ne pouvons pas agir par nous-mêmes, et nous sommes hors d'état d'aider les autres. Sommes-nous, au contraire, favorisés par la fortune ? — notre plus beau devoir est alors, à mon avis, de compenser avec notre superflu ce qui manque à notre prochain. C'est seulement en faisant de l'argent un emploi utile qu'on lui donne une véritable et réelle valeur. Nous devons donc toujours nous efforcer d'être agréables à ceux que nous aimons, et de venir en aide, par des paroles et par des actes, aux

pauvres et à ceux qui demandent assistance,
de quelque confession, de quelque état et de
quelque origine qu'ils soient. De cette manière
nous aurons administré d'après les vues de
Dieu le bien qu'il nous a confié.

« Tu possèdes, ma chère Marie, un si riche
trésor de sensibilité que tu me comprends sûre-
ment et que tu partages ma manière de voir. Tu
me feras donc le plus grand plaisir si tu veux
me dire bientôt et à cœur ouvert quel est
ton avis : tu sais combien il m'est précieux. Et
si tu approuves mon projet, j'en ferai part à
mon cher oncle, qui sera certainement très
satisfait d'apprendre comment j'ai disposé de
son riche présent.

« Pardonne-moi la longueur de cette lettre,
en considération de l'importance de son objet :
songe à toute la confiance que je mets en ta
grande bonté, et sois assurée, ma chère amie, de
mon affection toujours sincère, fidèle et très
tendre.

« Ta toute dévouée,

« BERTHA. »

LA VIOLENCE
ET LA DOUCEUR

LA

VIOLENCE & LA DOUCEUR

PARABOLE

Dans la création où le Tout-Puissant a manifesté une sagesse si grande, il se trouve pourtant des objets, comme des êtres, qui ne semblent pas en harmonie entre eux et même qui semblent en contradiction avec le reste de la création. Ainsi il arriva un jour que le soleil puissant et bienfaisant fut en querelle avec le vent d'orage, violent et rude. Il s'agissait de savoir qui des deux serait le plus fort. — Je suis plus puissant que toi, disait le soleil, moi qui, par mes rayons, répands sur toute la terre la lumière et la vie. Le vent répondait : — « Ma puissance s'étend beaucoup plus loin que la tienne, car quand je veux déployer toute ma force, je fracasse le mât du vaisseau sur la mer, et j'arrache avec ses racines le chêne centenaire de la forêt. »

Ils se disputaient ainsi depuis un certain temps, quand un voyageur parut sur le chemin. Les deux rivaux résolurent aussitôt d'essayer et de mesurer sur lui leur puissance. C'était au mois de septembre, en cette saison où le vent se prépare à exercer ses forces et où le soleil ne renonce pas encore à la sienne. Le voyageur était un homme robuste, bien enveloppé dans un manteau. Tout d'un coup le vent souffla avec rage : les feuilles frémirent, les branches craquèrent, la poussière s'éleva en tourbillons. Que fit notre voyageur ? Il serra le manteau plus fortement autour de son corps de manière que la tempête ne pût le lui arracher, et quand le vent devint un vrai ouragan, notre ami raidit ses forces, et s'opposa à la tourmente en homme résolu. Il allait toujours, serré dans son man-

teau. Le vent n'avait pu le vaincre. — Alors
le soleil intervint : il fit luire ses rayons et se
montra dans tout son éclat. Quand le voyageur
sentit sa bienfaisante chaleur, il ressentit une
impression plus douce, le sang coula de nouveau dans ses membres glacés. Cependant avec
plus de force et plus de puissance, le resplen-
dissant roi du jour dardait ses rayons, si bien
que le voyageur, ayant de plus en plus chaud,
ouvrit un peu son manteau, et finit par l'enlever
entièrement. Qui donc avait remporté la victoire ? Le soleil. Il avait forcé le voyageur à se
débarrasser du fardeau de son vêtement, qu'il
avait gardé pour se protéger et s'abriter contre
la violence du vent.

Cette jolie parabole, qui décrit une lutte des
éléments de la nature, est souvent mise en
application dans la vie. Si, par exemple, nous
jetons un regard sur l'histoire, nous trouvons
beaucoup de peuples opprimés par la tyrannie
de rois arbitraires, privés par eux de tous leurs
droits, et supportant avec impatience une domination intolérable. Quelle erreur, pour un
souverain de dédaigner le peuple, de s'ima-

giner qu'on peut traiter les hommes selon son caprice, et que la multitude ne compte pas ! Mais aucun peuple ne supporte longtemps un traitement arbitraire ; bientôt il s'enveloppe dans le manteau de l'opiniâtreté et de la haine. Si, au contraire, le maître voulait serrer un peu moins fort les liens de sa puissance, il verrait bien vite ses sujets écarter ce manteau d'opiniâtreté, et devenir pour le souverain radouci un peuple plus maniable et plus docile. Certainement beaucoup de révolutions n'auraient pas éclaté si le peuple avait été soumis à une domination moins dure. C'est par la douceur et la bonté que l'on gagne les peuples : les cœurs sont réchauffés, la confiance et l'amour s'éveillent, tandis que la violence éloigne de nous les bons sentiments et nous ferme les cœurs. Rückert[1] s'exprime admirablement à ce sujet, quand, dans sa « Sagesse du brahmane », il s'adresse ainsi aux rois :

« L'art le plus facile pour toi est de devenir un prince aimé. Tu n'as besoin que de te montrer humain et affectueux. Il est beaucoup plus

---

1. Poète allemand.

difficile de te faire haïr ; et cependant c'est cet art que tu pratiques surtout. »

Mais où nous trouvons un exemple plus frappant encore de l'effet désastreux de la violence, c'est dans certains traits de l'histoire des religions. Les persécutions dont les juifs furent si longtemps victimes nous montrent combien l'injustice et la dureté disposent les hommes à la haine. L'Italie, ce pays admirable, et particulièrement l'ancien État de l'Église, ne nous offrent-ils pas un champ admirable d'observation? Là où le fanatisme catholique a sévi d'une si terrible manière, ces effroyables violences ont eu sur les malheureux juifs la plus triste influence, et ont entraîné les conséquences les plus douloureuses. Tous les droits leur étaient refusés ; la liberté leur était ravie : ils vivaient dans des rues étroites et sales, dont la porte, comme celle d'une prison, était régulièrement fermée le soir après le coucher du soleil.

En Espagne, où on les forçait à abjurer leurs croyances, ils étaient réduits à célébrer secrètement le service divin, à se cacher pour prier l'Éternel et pour chanter ses louanges. Quelles furent les conséquences de ces persécutions odieuses ? Les juifs s'isolaient de plus en plus, se retranchaient dans leurs rites et leurs cérémonies comme derrière un mur infranchissable, et, chaque jour, se mettaient davantage à l'écart des autres hommes. En raison même de cet isolement, leurs coutumes paraissaient aux chrétiens d'autant plus étranges qu'elles étaient moins connues, et les persécutions grandissaient sans cesse contre ces hommes méprisés et méconnus. Quelques pays, cependant surent pratiquer la liberté de conscience. Ainsi aux Pays-Bas, depuis longtemps, on pratique ouvertement et librement toute religion. Les juifs y possèdent la plénitude des droits. Ils peuvent, s'ils sont intelligents et honnêtes, s'acquérir l'estime de tous, et s'élever aux situations les plus hautes. En France, depuis la Révolution, ils vivent sur le pied d'égalité avec les autres citoyens. On peut observer dans ces différents états les effets opposés des deux modes de gouvernement. Dans les pays où règnent la violence et l'oppression, on ne trouve que pauvreté, sauvagerie ; dans ceux où dominent

la douceur et la liberté, on constate l'application au travail, l'estime mutuelle, le progrès, l'aisance. C'est ainsi que la douceur, ce
soleil, agit à l'encontre du vent, cette violence.

Nous n'avons pas besoin d'ailleurs d'explorer
ces grands domaines de l'histoire du monde et
des religions pour voir cette règle appliquée.
Elle vaut aussi pour la vie de tous les jours.
Tout homme, tout être sentant, est gagné par
un traitement doux et humain, tandis que la
dureté le rebute et le porte à se replier sur
lui-même. Si nous avons à commander à des
personnes qui nous sont subordonnées, par
exemple, à des ouvriers, à des domestiques, nous
devons, sans tomber dans la familiarité, les traiter en hommes, et ne pas leur faire sentir qu'ils
sont nos inférieurs. Par un traitement doux et
aimable, nous nous gagnons le fidèle attachement
de nos serviteurs, qui, dès lors, s'acquittent
volontiers de leur tâche, au lieu que, par une
sévérité excessive, nous les rendons opiniâtres,
entêtés, portés à la colère. Il en est de même
dans la société, pour nos rapports avec nos
semblables. Sommes-nous bons et aimables, les

autres le sont aussi, tout heureux de nous trouver ainsi pleins de condescendance.

Enfin, nous appliquerons avec le plus grand soin ces préceptes dans nos relations avec nos frères et nos sœurs. Les aînés doivent toujours montrer aux plus jeunes le bon exemple de la douceur et de la complaisance, afin que les cadets suivent ces précieuses leçons et s'ennoblissent par d'aimables sentiments. Que chacun garde en son cœur ce parfait et divin précepte, et qu'il agisse suivant cette belle formule : « Faites aux autres ce que vous voudriez qu'on vous fît. » — Comme nous désirons qu'on nous traite avec douceur et bonté, nous devons tenir cette conduite envers tous les hommes de tout rang, de toute race et de toute croyance, et prendre toujours pour règle l'instructif exemple de la parabole : « N'éclate pas avec la violence du vent d'orage, mais sois aimable et bienfaisant comme le soleil ! » Puisse le Tout-Puissant adoucir le cœur de chacun, afin que tous deviennent semblables à Celui qui est la douceur et la bonté mêmes !

IMPORTANCE DU TEMPS

IMPORTANCE DU TEMPS

« Enseigne-nous donc à
compter nos jours, pour
que nous gagnions ainsi
un cœur sage. » Ps. 90.

Compter nos jours, ce n'est pas les addition-
ner. Si l'on se bornait, en effet, à les considérer
comme des fractions de la vie, on verrait vite
combien ils sont uniformes, et l'un d'eux, pris
au hasard, nous montrerait ce qu'ont été et ce
que seront tous les autres. Cette parole du
Prophète a un sens élevé et surnaturel : elle
signifie que nous devons nous efforcer de faire
un bon emploi du temps, que nous devons vivre
de manière à pouvoir reconnaître, quand une
journée est passée, qu'elle n'a pas été perdue,

et à pouvoir nous dire alors : « Aujourd'hui, tu as travaillé comme le devoir l'ordonnait. » Car le temps fuit rapidement, et ce que nous en perdons ne peut être ressaisi. Quand nous paraîtrons devant Dieu, nous devrons rendre compte de chacun de nos jours et des œuvres qui les auront remplis. Aussi devons-nous faire le bien selon nos forces, aider les pauvres, leur donner du pain et des vêtements, soigner les malades indigents et leur procurer assistance, si nous ne pouvons les soigner nous-mêmes. L'accomplissement de ces devoirs et de tous ceux que nous impose la conscience ne doit jamais être différé.

Beaucoup croient que notre vie est longue parce que nous pouvons, à la rigueur, atteindre quatre-vingts ans. Mais ce temps même est bien court, si nous considérons que d'efforts nous avons à faire, que de travail à accomplir, pour perfectionner notre âme dans la pratique du bien, pour nous approcher de Dieu, et lui ressembler de plus en plus. Si nous employons sagement nos journées nous pouvons encore perfectionner notre éducation et notre savoir, en acquérant chaque jour de nouvelles connaissances. Car, même dans un âge avancé, on peut apprendre à devenir plus sage et meilleur, comme il est dit dans la Bible, : « Et Abraham était âgé de quatre-vingt-dix-neuf ans, et l'Éternel lui dit : « Marche devant moi, et deviens parfait. » (*Gen.* XVII, 1).

Mais c'est dans la jeunesse surtout qu'il nous faut « avoir un cœur sage », et « compter » ces jours si précieux. Car le temps alors est éphémère, et nous devons particulièrement bien employer nos premières années. Plus tard, en effet, l'âge nous apporte la souffrance et les soucis : nous ne pouvons plus, alors, employer aussi bien notre temps, ni autant exiger de nos forces que dans la jeunesse. Ce serait donc rendre notre âme gravement coupable que de perdre le meilleur temps de notre vie en le dissipant follement. Comme nous sentirions peser péniblement sur nous le remords : « Tu as irréparablement perdu tes jours les plus précieux ! » Ainsi c'est dans ce sens que chaque enfant doit tous les jours méditer cette parole :

« Enseigne-nous à compter nos jours, pour que nous gagnions ainsi un cœur sage. »

LE CIEL SUR LA TERRE

LE CIEL SUR LA TERRE

« Être près de Dieu est
ma félicité. » Ps. 73, 28.

« Être près de Dieu est ma félicité. » Ces
paroles de notre texte, nous ne les entendrions
pas bien, si nous ne les appliquions qu'à la vie
future. Être près de Dieu ! Nous ne devons pas
nous imaginer que ce bonheur arrive seulement
dans le ciel, car, même sur la terre, nous pouvons
faire en sorte d'être près du Seigneur. Le bonheur d'être près de Dieu consiste en effet dans
une conduite pieuse : seules, de nobles créatures
habituées à faire toujours le bien, peuvent
arriver à rester près de l'Être souverainement
bon. Les mauvais s'éloignent du Tout-Puissant,

quand beaucoup devraient fuir à l'aspect des châtiments de la justice divine.

Celui-là seul qui sait s'élever au-dessus du mal, qui s'efforce de ne jamais rien faire qui déplaise au Seigneur, qui cherche de toutes ses forces à corriger ses défauts, à apprendre à connaître Dieu de plus près et à observer fidèlement ses commandements, celui-là seul se sent vraiment heureux et près de Dieu, parce qu'il se sait exempt de fautes. Cette innocence lui assure la félicité, le ciel sur terre. Ce ciel, cette félicité ne peuvent pas être attristés par la douleur, car nous savons que Dieu nous assiste toujours : il nous envoie bien des épreuves, mais, pour dures qu'elles soient, elles profitent à notre salut.

Or, si nous voulons suivre les commandements de Dieu, par là même nous disons que nous ne devons pas réserver pour nous seuls tous les biens que l'Éternel nous accorde. Non, nous devons faire savoir aussi à nos semblables que Dieu est près d'eux, et que c'est en lui qu'est leur félicité, même s'ils sont visités par la souffrance. Tout en leur prodiguant de bonnes paroles, nous chercherons à adoucir leurs maux.

Je veux, pendant ma courte vie, m'efforcer de faire toujours le bien ; je veux aussi faire aux autres un ciel sur la terre, chercher à alléger leurs chagrins, les encourager à leur travail, et, autant qu'il dépendra de moi, ne point leur demander plus que leurs forces ne le permettent. Être docile envers mes parents, me montrer aimant et bon envers mes frères et sœurs, ne plus chagriner mon entourage par ma légèreté, tel sera le but de tous mes efforts ; c'est ainsi que je pourrai, dans la mesure des choses humaines, faire à moi-même et aux autres un ciel sur la terre. C'est ainsi que je pourrai contribuer à faire que mes semblables supportent plus légèrement même les misères que Dieu leur enverra. Si tous nous avons ainsi présent aux yeux Dieu, notre commun père, sa présence sera pour nous une félicité, comme celle de parents bien aimés remplit les enfants de joie. Et si, durant notre passage sur cette terre, nous avons pensé au bien, et que nous trouvions grâce devant le Très-Haut, ce sera pour nous l'idéal de la félicité et des jouissances célestes, qu'un jour ensemble nous goûterons devant le Tout-Puissant dans un monde plus beau.

LA
PROTECTION DE DIEU

LA PROTECTION DE DIEU

« Dans tes mains je remets
mon esprit, quand je m'en-
dors et quand je m'éveille; et
avec mon esprit mon corps.
Dieu est avec moi! Je ne
crains rien. »

ADON-ALAM.

Quand nous demeurons dans une grande
ville seuls, sans amis ni parents, nous nous
sentons bien isolés et bien délaissés, et nous
nous regardons comme des orphelins abandonnés. Nous avons cependant un protecteur,
le plus puissant de tous, qui nous assiste : il
sait tout, il voit tout, et fussions-nous dans
le coin le plus retiré de la terre, il nous verrait
et nous protègerait encore. Il n'abandonne pas
les pauvres orphelins; il veille aussi sur les

veuves sans appui ; il les protège comme le père son enfant. Ce protecteur est Dieu, dont nous sommes tous les enfants. Lorsque tu erres seul dans la forêt, sois sans crainte. Il ne peut t'être fait de mal, car Dieu est avec toi. Dieu ne t'abandonne pas. La nuit, lorsque tout dort autour de toi, et que, seuls, des hommes impies se glissent peut-être dans l'ombre pour faire le mal, l'esprit de Dieu plane sur les bons et les préserve. Jamais l'œil qui voit tout ne se ferme ; jamais le regard de Dieu ne quitte le monde, ses anges veillent sur nous, et défendent les bons contre les méchants : « Dieu est avec moi, je ne crains rien ; qu'est-ce qu'un homme pourrait me faire ? » (Ps. 118, 6.)

Quand le Seigneur sépare des enfants de leurs parents, quand il les plonge dans le plus profond malheur, et qu'ils savent à peine si leur tête trouvera encore un abri, c'est au Père des abandonnés qu'ils doivent adresser leur prière, à Celui qui ne retire jamais de nous sa main toute-puissante. En Lui, nous trouvons toujours un père plein d'amour, qui nous préserve de tout malheur, qui nous envoie parfois de dures épreuves, mais toujours pour notre salut. Si nous mettons en lui, et en lui seul, toute notre confiance, jamais nous ne sentirons l'angoisse ni la terreur, jamais nous ne nous croirons perdus et abandonnés.

Tant que nous sommes heureux, nous devons faire le bien sans cesse, nous intéresser aux malheureux et aux abandonnés, pour que Dieu, de son côté, ne nous abandonne pas, et qu'à notre tour nous ne nous sentions pas seul si jamais la nuit du malheur nous environne. Et lorsque les ombres de la mort s'avancent, quand nous allons être ravis à la terre et à tout ce que nous aimons, malgré les angoisses de la souffrance, si notre vie a été vertueuse, notre cœur reste ferme en Dieu : car, même dans la mort, l'Éternel nous entoure. Même alors, il nous protège et il veille sur nous, il nous conduit à une existence supérieure, et il préserve ceux qui restent après nous, pour qu'ils vivent à leur tour comme nous-mêmes et comme ceux qui nous ont précédés. Les orphelins et les veuves se croient parfois abandonnés ; mais un père plein de douceur veille sur eux, et, même

dans la plus grande misère, ils doivent croire
fermement en Dieu ; bientôt ils ne se sentiront
plus aussi malheureux, car la confiance en Dieu
leur donnera tout espoir et toute force. Un
pauvre orphelin peut devenir un homme vraiment heureux, car il est entouré de la grâce de
Dieu, dont le regard tout paternel le surveille.

Non, Dieu ne sommeille jamais. Son œil
nous garde et nous protège jour et nuit. C'est
ce que nous apprend un joli conte du Talmud,
que voici : « Du temps où Dieu parlait encore
aux hommes, Moïse se demanda une fois si
jamais le Tout-Puissant ne songeait au sommeil.
L'Éternel, toujours bienveillant, fit descendre
du ciel un ange qui tenait deux flambeaux brillants, et qui ordonna au prophète de porter ces
flambeaux les bras étendus, toute la nuit, jusqu'au matin. Quand Moïse vit la lune et les
étoiles, il lui parut étrange que, même dans la
claire lumière du ciel, son flambeau fût allumé;
il crut presque que l'ange se moquait. Mais, si
dur à accomplir que fût l'ordre, il voulut le
remplir exactement, car il se souvenait comme
il avait désobéi à l'Éternel là-bas, près de la

source, quand au lieu de parler au rocher il l'avait frappé de son bâton. Cependant, ne pouvant résister au sommeil, il s'assoupit un instant. Tout à coup il s'éveilla, et vit les flambeaux à terre, en pièces. Avant qu'il pût bien se reconnaître, la voix sonore de l'ange lui cria : « Reconnais maintenant que c'était un moyen de te montrer que si le Maître du monde cédait au sommeil, la lune et les étoiles aussi tomberaient du ciel. » Ce conte si ingénieux nous enseigne que le Seigneur a toujours sous son regard le monde, son œuvre, et qu'il veille toujours sur ses enfants.

Aussi je veux ne jamais désespérer. Si, la nuit, je suis seul, si je me trouve dans le malheur et l'abandon, je veux toujours être assuré que, du haut du ciel, le Dieu bon veille sur moi avec amour, et que sans son assentiment aucune infortune ne peut m'atteindre.

Aussi je veux en me couchant prier ainsi : « Oh ! Père qui es aux cieux, vois en moi un faible enfant qui élève à toi sa prière. Protège-moi cette nuit et toutes les nuits, et fais que tous les miens se réveillent demain joyeux et bien portants. Préserve-nous du malheur, de la maladie et de tout danger. Donne à leur lever à tous les enfants, comme à moi et à mes chers frères et sœurs, le pain pour apaiser leur faim, les vêtements pour assurer leur santé, et permets que, toujours réunis, nous louions et exaltions ton saint nom dans l'éternité. »

DIEU NOTRE MODÈLE

DIEU NOTRE MODÈLE

« Vous devez être saints,
car je suis saint, moi
l'Éternel votre Dieu. »

IIIᵉ l. Moïse, XIX, 2.

Dieu a créé l'homme à son image, c'est-à-dire qu'il lui a donné la faculté de s'approprier à un moindre degré les qualités divines. Comme les hommes sont des êtres faibles et imparfaits, ils ont besoin d'un modèle pour se détacher autant que possible des choses terrestres et tourner leurs pensées vers les régions supérieures : il leur faut s'élever de l'obscurité vers la lumière. Ce modèle parfait et absolu, nous ne le trouvons qu'en Dieu seul, Dieu dont l'être nous est déjà révélé par la loi de Moïse. Si donc nous cherchons sans cesse et par d'infatigables efforts à ressembler de plus en plus à ce modèle sublime, nous arriverons enfin à la sainteté.

Les païens aussi avaient leurs dieux. Mais ces divinités, telles que nous les montrent les théogonies, étaient elles-mêmes imparfaites. Ces dieux, pleins de défauts, parfois même personnifiant le vice, pouvaient-ils servir de modèles à leurs adorateurs ? Bacchus, le dieu du vin, avait sans doute rendu des services aux hommes en leur enseignant, suivant la légende, l'art de cultiver la vigne. Mais n'était-il pas aussi le dieu de l'ivresse, et les païens ne se le représentaient-ils pas volontiers sous la figure d'un homme en complet état d'ébriété ? Dès lors, les adorateurs de ce dieu singulier avaient une tendance naturelle à s'adonner à l'ivresse qui est un des vices les plus horribles qu'un homme puisse avoir. Par une étrange aberration, l'adoration d'une divinité aboutissait à la pratique d'un vice. On sait que les païens, dans les fêtes que l'on nommait « bacchanales » se livraient sans mesure à la débauche. Jupiter, le maître des dieux, n'était-il pas orgueilleux, dur,

injuste et emporté? Junon, sa femme, n'était-
elle pas la plus jalouse et la plus altière des
déesses? Si donc les divinités suprêmes avaient
de tels défauts, le peuple croyait, non sans
apparence de raison, qu'il pouvait impunément
les imiter.

Mais cette sombre superstition ne devait pas
éternellement durer. La loi de Moïse avait
révélé aux hommes un Dieu de perfection, de
pureté, d'amour et de sainteté, toujours juste
et bon. Voilà bien la divinité parfaite et ado-
rable que nous pouvons, que nous devons
prendre pour notre idéal. Nous devons l'imiter,
chercher à apprendre à la connaître toujours
mieux, nous efforcer de suivre ses commandements, pour lui ressembler de plus en plus en
toutes choses : « Vous devez être saints, car je
suis saint, moi l'Éternel, votre Dieu. »

Nous pouvons aussi, dans un certain sens,
imiter quelques-uns de nos semblables et les
prendre pour modèles. L'humanité a compté et
compte encore beaucoup d'hommes remarquables, qui peuvent nous servir d'exemples,
sinon nous amener à être aussi nobles et aussi

bons qu'eux-mêmes. L'histoire du monde nous fournit de nombreux modèles. N'est-ce pas, par exemple, une très noble figure que celle de Jeanne d'Arc? Quelle noblesse dans son sacrifice pour son peuple, son roi et son pays! sacrifice désintéressé, qui conduisit au bûcher cette victime illustre de l'ingratitude humaine, donnant sa vie pour ceux qu'elle avait sauvés, et qui ne songèrent même pas à la défendre. La vie d'une telle héroïne n'est-elle pas la meilleure leçon de patriotisme que l'on puisse proposer aux hommes véritablement épris de l'amour de leur patrie ?

Mais c'est dans l'Écriture Sainte que nous trouvons les plus beaux et les plus nobles exemples. Ce n'est pas que les hommes pieux que la Bible nous fait connaître n'aient pas eu aussi leurs défauts : aucune créature sur terre n'est parfaite. Ainsi, si nous admettons que les hommes les plus remarquables de l'Écriture Sainte furent Abraham et Moïse, nous avouerons que, malgré toutes leurs vertus, ils eurent aussi des défauts. L'Écriture ne nous les cache pas. Et c'est une preuve de sa véracité même, cette sincérité avec laquelle elle nous révèle les imperfections de tels hommes. Certes, la vie d'Abraham nous remplit d'admiration. Nous aimons son hospitalité envers les anges, la condescendance et le désintéressement avec lesquels il laissa à Loth la plus belle terre, et se contenta de la moins bonne, son obéissance à Dieu, qui lui ordonnait de sacrifier son fils unique, Isaac ! — Que de beaux traits dans une telle existence, consacrée tout entière à honorer la Divinité, et à faire connaître aux hommes le Dieu unique, dont le culte devait, à travers les siècles, triompher de l'impiété et de l'erreur ! Et pourtant Abraham lui-même s'oublia un jour. Dieu ayant annoncé la venue d'un fils au patriarche déjà âgé : « Comment, répondit celui-ci, pourrais-je encore avoir un fils, moi qui suis déjà si vieux ? » Sa faute était qu'il doutait de la parole de Dieu, lui, qui, pour le reste, était si plein de confiance. Et peut-on concevoir que quelque chose soit impossible au Tout-Puissant ? Combien d'admirables miracles n'a-t-il pas déjà accomplis ? Non : pour le maître du monde, rien n'est impossible.

9

Nous pouvons donc et nous devons chercher à imiter Abraham dans son hospitalité, dans son obéissance, dans son amour de Dieu, mais nous ne pouvons ni ne devons le prendre comme notre modèle absolu en toutes choses — lui-même n'était pas assez parfait pour cela.

Moïse était le plus grand des prophètes, un homme de Dieu : il avait toujours Dieu devant les yeux ; il était plein d'amour pour son peuple, et son cœur était paré des plus belles vertus. Il était obéissant, modeste, humble, désintéressé ; pour Dieu et pour son peuple, rien ne lui paraissait trop difficile ou trop lourd : et pourtant il pécha, ou plutôt, il s'oublia deux fois. La première — il était encore jeune — se promenant dans la campagne, il vit un Égyptien qui maltraitait un Israélite. Emporté par son grand amour pour ses frères opprimés, cédant à un accès de colère, il tua l'Égyptien. Il expia sa faute, car il dut s'enfuir à Midian, où il resta bien des années, cherchant les moyens de tirer ses frères d'esclavage. — La deuxième fois, c'était près de Mériba, dans le désert, que les Israélites traversaient. L'eau

manquait : alors Dieu ordonna à Moïse d'adresser la parole au rocher promettant que l'eau
en jaillirait aussitôt. Mais lui, mécontent des
murmures du peuple, frappa le rocher avec
son bâton, et cet acte de colère lui fut
compté comme une faute, car Dieu est sévère
pour les hommes pieux. — Nous devons donc
imiter Moïse dans sa modestie, dans son humi-
lité, dans sa sagesse et dans sa crainte de
Dieu, et chercher à devenir aussi bons que
lui, mais nous ne devons ni ne pouvons le
prendre comme notre modèle absolu, car il a
failli deux fois, — et seul un être saint et parfait peut nous servir de modèle absolu.

Essayons donc de connaître et d'imiter les
perfections de Dieu. Nous n'aurons vraiment
acquis les mérites de la piété que si nous cherchons à ressembler en tout à Dieu, le plus pur
des modèles. Au vrai, nous ne pourrons jamais
devenir pareils à lui, parfaits comme lui. La
perfection est un attribut exclusif de Dieu seul.
Mais nous devons aspirer à toujours nous perfectionner et à nous corriger de nos défauts.
Aussi m'efforcerai-je d'avoir toujours présentes

à l'esprit les qualités divines, et de devenir
ainsi plus semblable à Dieu. La suprême
sagesse de Dieu m'apprendra à ne jamais faire
mauvais usage de la raison, à ne jamais agir
sans réflexion, sans avoir examiné si ma conduite ne troublera ou n'affligera personne.

L'omniscience de Dieu m'apprendra à fuir
le mal, à rechercher toujours la vérité, à reconnaître que le bon Dieu nous voit, que, même
cachés dans le coin plus sombre de la terre,
il nous apercevrait et nous trouverait. Il nous
a créés; il connaît nos plus secrètes pensées.
Il sait aussi nos plus ardents désirs ; il les
exaucera s'ils sont bons et pieux.

La suprême justice de Dieu me rendra toujours juste envers mon entourage et envers tous
mes semblables. Nous ne devons accuser aucun
innocent, et si quelqu'un nous fait du mal,
nous ne rechercherons pas la vengeance. Nous
nous efforcerons de traiter nos serviteurs avec
justice; nous éviterons de leur imposer plus
qu'ils ne peuvent supporter ; nous n'oublierons
jamais qu'ils sont hommes, comme nous.

Mais c'est surtout la suprême bonté de Dieu que nous devrons imiter : soyons toujours bons, aimants, affables envers tous. Si nous pouvons donner à quelqu'un une marque d'amitié, n'hésitons pas à le faire de bon cœur. L'obligeance est une si belle vertu ! La bienfaisance nous approche de Dieu. Le terme des qualités divines, c'est la suprême sainteté et la suprême perfection.

Voilà les deux plus hautes qualités de Dieu : aussi doivent-elles être pour nous les plus importantes. Cherchons à les acquérir, pour garder toujours l'empire sur nous-mêmes, pour nous élever au-dessus du mal, avancer dans la voie du bien, et nous approcher de plus en plus du Très-Haut. Sans avoir la prétention d'arriver à la perfection, nous poursuivrons la conquête de la vertu, en cherchant, suivant nos forces, à imiter les mérites incomparables de Dieu. Ainsi nous serons heureux sur la terre, et nous préparerons notre bonheur dans le ciel. Oui, l'imitation de Dieu nous donnera le ciel sur la terre, car nous nous rapprocherons alors de Dieu, qui, d'en haut, nous crie : « Vous devez être saints, car je suis saint, moi l'Éternel, votre Dieu. »

SOUVENIRS DE SUISSE

SOUVENIRS DE SUISSE

« Chère amie,

« Je mérite sans doute de grands reproches sur mon long silence ; aussi viens-je réparer le temps perdu, en te racontant en détail tout ce que j'ai vu et éprouvé depuis bien des semaines.

« Tu sauras que j'ai passé d'abord un mois à Wildbad, ce charmant pays où tout était réuni pour me rendre le séjour agréable. C'est là que je vivais fort heureuse de tout ce qui m'entourait quand mes bons et chers parents me permirent d'aller passer quelques jours en Suisse. Tu peux t'imaginer aisément avec quelle joie je me préparai à profiter de cette permission. On me donna une dame de compagnie et nos préparatifs ne furent pas longs. Toutefois, ce ne fut pas sans regrets que je quittai Wildbad. Quelques chers amis nous accompagnèrent au chemin de fer et nous donnèrent de belles fleurs pour la route. Nous leurs dîmes tous nos regrets de quitter la délicieuse ville de Wildbad et ses aimables habitants. Puis le signal du départ nous sépara et le train se mit en marche.

« C'est d'abord à Bâle que nous devions nous arrêter. Nous y arrivâmes à sept heures du soir. Malgré notre fatigue, nous ne voulûmes pas aller nous reposer avant d'avoir respiré au dehors, pour la première fois, l'air si pur de la Suisse.

« L'*Hôtel des Trois-Rois*, où nous étions descendues, est tout au bord du Rhin. Les eaux du fleuve viennent murmurer et clapoter au pied des murailles ; si bien qu'en fermant les yeux on pourrait se croire transporté sur le bord de la mer. Une terrasse spacieuse nous invitait à admirer le spectacle qui, de là, était vraiment splendide. La lune brillait de tout l'éclat de sa

suave lumière. Elle éclairait d'une manière pittoresque le pont magnifique qui relie les deux
rives du Rhin, et ses limpides rayons donnaient
des reflets brillants et argentés aux ondes du
fleuve majestueux. Je regardais toute pensive
dans le lointain. Les maisons de la ville qui
s'étendaient devant moi formaient de grandes
masses plongées dans l'ombre et où l'on voyait
seulement quelques petites lumières scintiller
çà et là. La gravité du spectacle de cette belle
nuit invitait à la réflexion, et, regardant le
beau fleuve, je me disais à moi-même : « Tout
passe en ce monde, la destinée des hommes
est changeante, la Nature ne reste pas un jour
semblable à elle-même, mais le Rhin, lui, pour-
suit depuis des siècles son cours indifférent, sans
s'inquiéter de ce qui arrive dans le reste du
monde. » Je fus bientôt troublée dans mes pensées : les habitants de l'hôtel se disposaient à
terminer le travail de la journée, et l'heure nous
avertissait aussi d'aller nous reposer.

« Le lendemain matin, accompagnées d'un
guide, nous eûmes encore le temps, avant le
départ du train, de faire une promenade dans

la ville. Nous avons visité un ancien mona-
stère catholique, que les protestants ont aujourd'hui transformé pour y célébrer le service divin. Nous sommes passées ensuite
devant l'Hôtel de Ville sur lequel, à mon grand
étonnement, j'ai lu cette inscription en caractères hébraïques : « Je suis l'Éternel, ton Dieu,
qui t'ai conduit hors du pays d'Égypte et de la
maison de servitude. » Cette inscription que je
trouvais ainsi, immédiatement, à mon entrée
dans la libre Suisse, me produisit l'effet d'une
bienvenue céleste, et me fit beaucoup de bien.

« Au moment même où nous montions dans
notre wagon, une grande joie nous attendait :
un de nos amis, le professeur C..., accompagné
de sa famille, se trouvait déjà dans ce wagon.
Nous nous joignîmes à eux et fîmes ensemble
un beau voyage.

« A Vevey, charmante ville où nous devions
nous arrêter plus tard, nous installâmes notre
quartier général à l'*Hôtel des Trois-Couronnes*,
situé sur les bords de l'admirable lac Léman.

« Il était déjà trop tard ce soir-là pour visiter
les environs les plus proches. Nous dînâmes,

puis nous prîmes place dans le salon de lecture.
Ce salon et la salle à manger étaient de grandes
et belles pièces, décorées avec élégance. Diverses
personnes étaient paisiblement assises par
groupes, autour de petites tables. Les messieurs
lisaient, les jeunes dames causaient et babil-
laient avec animation. Beaucoup de nations
étaient représentées dans cette réunion, et
on entendait un mélange varié de plusieurs
langues : je me réjouissais du privilège que
j'avais d'en comprendre trois, car j'entendais,
sans le vouloir, plusieurs conversations pi-
quantes. Après le repas, nous allâmes dans le
petit jardin qui se trouve le long de l'hôtel,
tout au bord du lac. Un orchestre médiocre
jouait quelques vieux airs connus; quelques
canots aux pavillons variés se balançaient sur
l'eau, et de nombreux jeunes gens semblaient
heureux de se promener au clair de la lune.
Après être restées une heure dans le jardin,
nous allâmes nous reposer.

« Le jour suivant était un samedi : j'ai toujours eu l'habitude d'en observer le repos en
demeurant dans une tranquillité contemplative.

Mais je me vis obligée de changer mes projets :
en voyage il n'est pas toujours possible de faire
ce qu'on voudrait, et, dans cette occasion, je
dus me conformer aux désirs de mes amis.

« Le temps était magnifique, le ciel transpa-
rent, du bleu le plus pur et sans le moindre
nuage. Aussi, après le petit déjeuner, et seule
avec ma dame de compagnie, j'allai faire une
courte promenade dans la ville, pour en avoir
un aperçu. Elle est petite, bien placée, et pourtant la situation n'en est pas aussi pittoresque
que je l'avais imaginé, car en face d'elle se
dressent des rochers escarpés, presque dénudés,
dont l'aspect est très triste. Nous avions à peine
traversé la rue, quand nous rencontrâmes nos
compagnons de voyage, qui s'informèrent des
projets que nous avions faits pour l'emploi de
notre journée. Je n'avais aucun plan déterminé,
et nous acceptâmes avec plaisir la proposition
d'aller ensemble à Glion.

« Nous fîmes d'abord une petite traversée, et
nous arrivâmes par le lac à Montreux. Le voyage,
le long de la côte, est fort agréable : on passe
devant de ravissantes villas et de charmants

petits villages. Montreux lui-même, à cause de
la douceur de l'air, est très fréquenté, surtout par
les personnes qui ont la poitrine délicate. On
y trouve déjà les fruits du Midi et beaucoup de
plantes rares. Nous prîmes deux voitures : le
professeur, sa plus jeune fille et moi fîmes la
route ensemble. Le chemin était assez rude,
mais plus nous montions, plus la vue devenait
belle en s'étendant sur la charmante vallée et
les villages voisins. La route est large et bien
disposée ; sur les deux côtés, elle est bordée de
grands arbres touffus qui offrent aux voyageurs
un abri bienfaisant contre les ardeurs du soleil.
Avec le plaisir de cette riante excursion, j'avais
en même temps celui d'une agréable conversation. Le professeur C. n'est pas grand causeur,
mais dans un cercle restreint il parle avec agrément. Il me raconta bon nombre d'histoires
intéressantes sur sa jeunesse, et le temps passa si
vite que nos voitures arrivèrent, avant que
nous nous en fussions doutés, au Righi Vau-
dois : c'est le nom qu'on donne au ravissant
pays de Glion, à cause de sa situation admirable.
Là-haut se trouvent deux grands hôtels, très

confortables, où séjournent d'habitude, pendant
tout l'été, des personnes qui cherchent repos
ou guérison. L'air y est délicieux et tempéré,
et malgré les ardeurs de l'été, on y trouve une
fraîcheur qui ranime. Je fis en cet endroit la
très agréable connaissance de M. de Herder, le
petit-fils du célèbre écrivain, et de sa famille.
Après nous être rafraîchis à l'hôtel nous prîmes
le chemin du retour. Nous déjeunâmes à Vevey,
et passâmes chez nos amis une soirée paisible
et très agréable.

« Telle fut cette journée délicieuse et pleine
de douces émotions. Bien qu'elle n'eût pas été
consacrée aux pensées religieuses, elle s'était
pourtant écoulée dans un calme méditatif et
recueilli, et je me couchai avec la conscience
qu'on peut aussi observer le repos dans la
société de chers amis dont les pensées et la
conversation sympathique contribuent à rafraîchir l'âme.

« Nous avions projeté pour le lendemain une
grande excursion. Nous devions faire une har-
die promenade à cheval, de Martigny à Chamonix, en franchissant la *Tête-Noire*. Le di-

manche matin, à six heures précises, toute la
troupe des voyageurs entra dans la gare. Le
temps était splendide, nous n'eussions pu en
désirer un meilleur. Nos cœurs étaient satisfaits
et battaient de joie à l'unisson : nous espérions
passer, dans le vrai sens du mot, une journée
magnifique. La locomotive fit entendre ses
sonores mugissements, la vapeur siffla, le train
se mit en mouvement avec des gémissements
stridents, et, bientôt, il faisait entendre son
bruyant passage sur la voie dangereuse que le
génie audacieux des hommes a tracée entre
Vevey et Martigny.

« A ma grande satisfaction, le train semblait
se hâter davantage dans les sinuosités qu'il sui-
vait en serpentant le long de la rive, mais sa
vitesse ne pouvait m'empêcher d'admirer les
charmantes campagnes qui bordent le Léman ;
et je vois encore les panoramas ravissants qui
se déroulèrent alors devant mes yeux. Tout
d'abord nous arrivâmes à Chillon, et nous pûmes
admirer le grand château, bâti comme une forte-
resse au bord du lac, dans une situation très
pittoresque. Il présente un imposant aspect. Il

évoque dans le souvenir un intérêt particulier :
il a été chanté par Byron dans son *Childe-Harold*,
connu du monde entier (le prisonnier de Chillon). Ma pitié s'éveilla quand je songeai aux
sentiments qu'avait dû éprouver l'infortuné
Bonnivard, lorsque, séparé de tous, il expia
dans cette prison isolée sa noble indépendance.

« A Saint-Maurice, petite halte, non loin de
Martigny, nous dûmes stationner assez longtemps. Une fête de tir avait lieu dans le voisinage, et le nombre des voyageurs s'était consi-
dérablement augmenté. Hommes, voitures,
édifices, tout était joyeusement paré, et commu-
niquait une impression de cordiale gaieté.

« Pendant l'arrêt, nous prîmes plaisir à considérer le tableau pittoresque que l'on pouvait
apercevoir de la gare. Nous étions entre deux
rochers, et nous entendions le mugissement
d'une cascade de la Sallenche. Elle est située à
une hauteur considérable, et quand le soleil
du matin darde ses rayons sur la masse des
eaux en chute, la poussière humide qui s'en
dégage reflète d'une manière ravissante toutes
les couleurs de l'arc-en-ciel.

« Enfin nous atteignîmes notre but, Martigny. Chacun se précipita hors des wagons, pour conquérir sa place dans l'omnibus qui devait nous emmener. Mais notre cher professeur avait pris la peine de nous annoncer la veille par dépêche, de sorte que nous trouvâmes toutes choses préparées à notre arrivée, comme si quelque bonne fée veillait sur nous. La voiture qui nous était réservée était, à vrai dire, quelque peu invalide et détraquée. Mais, grâce à l'esprit alerte de nos amis et à leur aimable conversation, nous n'eûmes pas le loisir de réfléchir aux inconvénients possibles d'un voyage dans un tel véhicule. Cette malheureuse voiture qui, pendant de longues années, sans doute, avait dû faire connaissance avec des milliers de voyageurs, avançait en oscillant de droite et de gauche comme un navire sur une mer agitée. A travers les rues mal pavées, les roues tournaient péniblement, avec des soubresauts inattendus et un bruit peu rassurant de fers détachés et de vieux bois brisés. Mais grâce, sans doute, à une protection invisible, nous finîmes par arriver heureusement devant l'*Hôtel de la Tour*, avec tous nos membres intacts.

« L'hôtesse s'empressa à notre rencontre : c'était une petite femme replète et enjouée, qui s'agitait avec une grande activité : elle mit à notre disposition sa grande pièce et ses jardins. Comme nous devions attendre un certain temps, jusqu'à ce que les mulets fussent sellés, nous acceptâmes volontiers l'invitation d'entrer dans le petit jardin, derrière la maison. Nous pûmes nous y rafraîchir à l'ombre d'un arbre, car le soleil commençait déjà à être très ardent et nous promettait une journée brûlante. Nous nous aperçûmes trop tôt que nos craintes étaient fondées. Cependant nous conservions toute notre gaieté, et le déjeuner fournit une nouvelle matière à nos plaisanteries et à nos rires. Un gros morceau de pain et un petit morceau de fromage avec un flacon de vin : tel était le régal réconfortant offert à huit personnes. Nous n'avions pas de chaises à notre disposition; un banc étroit dut suffire pour tous. La plus jeune fille du professeur, Warinka, âgée de treize ans, était la vivacité et la gaieté mêmes. Elle répandait parmi nous tous la vie et la joie, et nous dûmes à ce cher démon plein d'entrain, bon nombre encore de belles heures. Enfin on nous appela pour monter sur nos mulets, et nous dûmes, jusqu'à Chamonix, rester toute la journée — neuf heures — sur ces animaux non moins sûrs qu'entêtés.

« J'aurais été bien heureuse, ma chère amie, si tu avais pu contempler notre cavalcade, et surtout si je t'avais eue à mes côtés, dans ce splendide voyage de montagnes qui m'a laissé une impression profonde et durable. Quelque chers que me fussent nos dignes compagnons de voyage, l'entretien avec une intime amie de jeunesse a un charme tout autre. J'aurais pu, sans contrainte, te dévoiler les impressions dont mon cœur était plein ; je t'aurais librement communiqué mes pensées, mes sensations, mes observations, et j'aurais, je le sais, trouvé un cœur ami, confiant, aussi facile à émouvoir que le mien par les splendeurs de la nature : mes intimes jouissances en eussent été doublées. Mais je dois me contenter d'un simple récit, et comme j'éprouve le besoin de ne t'épargner aucun détail, j'espère de ta bonne amitié que tu me liras jusqu'au bout sans trop de fatigue.

« Pour que tu aies une idée de l'air qu'avait notre cavalcade, j'essaierai de t'en donner ici une courte description. En avant chevauchait Warinka, avec un de nos guides : de crainte ou de trouble, la petite amazone n'en avait point, elle ne les soupçonnait même pas. Nous venions derrière elle, nous autres, personnes plus réfléchies, et, par derrière, le sérieux professeur fermait gravement la marche. Il était vêtu d'un habit tout blanc et tenait ferme au-dessus de sa tête une majestueuse ombrelle : il avait un aspect extraordinaire, et je me pris à rire plus d'une fois de cet équipage. Notre chemin nous faisait passer tout près de torrents dont on entendait le gai mugissement. La route que nous suivions était excellente, bien unie, serpentant entre des vignobles, des châtaigniers et des arbres fruitiers. Tout était plaisir dans cet agréable voyage. Nos guides eux-mêmes, bien que médiocrement cultivés, avaient pourtant un réel sentiment des convenances, une intelligence ouverte, et ils possé-

daient la connaissance parfaite, non seulement
des nombreux chemins de montagne qui se
croisent ici en tout sens, mais aussi des histoires locales qui, dans ce pays, se rattachent à
chaque route, à chaque sentier. C'est ainsi qu'ils
nous montrèrent et nous nommèrent un certain
nombre de vallées, de montagnes et de défilés,
près de nous ou dans le lointain, et, de cette
manière, ils rendirent notre promenade agréable
et instructive. Bientôt, le chemin commença à
devenir plus rude, tandis que la chaleur se faisait de plus en plus vive.

« Le coup d'œil sur la belle vallée du Rhône,
que nous laissions derrière nous et que nous
n'avions perdue de vue que rarement, était admirable. Maintenant, à l'altitude où nous étions
arrivés, nous pouvions embrasser du regard
presque tout le Valais. Des pentes, couvertes de
pins, descendaient à notre gauche, tandis qu'à
droite le Trient faisait entendre au-dessous de
nous ses sourds mugissements. J'éprouvai à plusieurs reprises un certain malaise, et, parfois, je dus
fermer les yeux pour pouvoir continuer la route
sans vertige. Les montagnes devenaient toujours

plus hautes. Les rochers dressaient dans les airs
leurs têtes chauves, et, plus haut encore, appa-
raissaient d'autres sommets couverts de neige.
Le sentier devenait plus escarpé à la lisière des
forêts de la *Tête-Noire*, et le spectacle de plus
en plus grandiose et saisissant.

« Nous arrêtions parfois nos mulets pour
nous désaltérer à une des mille sources qui
descendent des sommets glacés. La chaleur,
en effet, était intense, et le soleil versait sur
nous les rayons ardents de sa flamme brûlante.
Aussi saluâmes-nous avec plaisir une cabane, où
nous prîmes quelques rafraîchissements après
avoir longtemps soupiré après l'ombre, et
j'ajoute aussi, après le repos. Sans doute, nous
étions solidement assis sur le dos de nos braves
mulets dont le pas est très sûr; mais leur
marche dure et saccadée ébranle et fatigue par
ses secousses la tête et les épaules.

« Après une courte halte, nous nous remîmes
lentement en chemin, et c'était à chaque instant
un panorama nouveau, parfois sublime, qui s'offrait à nos regards étonnés. Souvent aussi, le
spectacle changeait subitement, et devenait d'une

élégante coquetterie. Ainsi, au détour d'un ravin, nous aperçûmes tout à coup une maisonnette ravissante, perchée comme un nid d'aigle sur l'extrémité d'un mur de rochers à peine accessibles, tandis qu'en face une cascade retentissante se précipitait d'une hauteur vertigineuse et interrompait le silence imposant de la nature.

« Nous marchions depuis longtemps sans avoir aperçu un être vivant, et nous aurions pu nous croire les seuls habitants de cette grande solitude, si nous n'avions entendu de temps en temps un son d'autant plus mélodieux qu'il était répété par les échos dans ces immensités sauvages et solennelles. Je regardais de tous côtés pour chercher à voir d'où ce son pouvait venir, quand j'aperçus de beaux petits enfants qui jouaient, et un troupeau innombrable de chèvres qui paissaient sur les montagnes. Je compris alors que l'agréable son qui m'avait frappée était celui de leurs clochettes. D'abord, je fus surprise qu'on laissât ces bêtes aller en si grand nombre, seules et exposées à s'égarer, mais mon étonnement cessa lorsqu'un peu plus loin j'aperçus encore un troupeau de vaches conduit par des hommes munis de gros bâtons ferrés. Non loin, quelques femmes étaient occupées à traire d'autres animaux. Si j'en avais eu la facilité et le loisir, j'aurais pris volontiers un croquis de cette vie alpestre, sans y oublier la vue d'une jeune femme vêtue du joli costume des Suissesses, aux couleurs variées, au moment où elle se disposait, auprès d'une vache énorme, à prendre sa riche provision de lait.

« En contemplant ce riant spectacle, ma pensée s'éleva vers Dieu et je me disais : Combien est grand et sage tout ce qu'ordonne le Seigneur ! A chaque pas que nous faisons dans la vie, nous avons une nouvelle occasion d'admirer la bonté de notre Père céleste et l'amour avec lequel il prend soin des hommes, ses enfants. Les Suisses, d'ailleurs si pauvres, surtout ceux qui sont attachés à leurs montagnes, ne peuvent gagner leur vie que dans l'élevage des troupeaux, la vente du lait et la fabrication des fromages. Mais dans sa sollicitude toute paternelle, Dieu a pourvu à leurs besoins ; leurs bêtes trouvent ici une riche pâture ; les prairies des Alpes sont toujours vertes, et, au plus fort de l'été, quand tout est

brûlé chez nous par la grande chaleur, que tout
est flétri, elles restent fraîches et grasses, sous
l'heureuse influence de milliers de petits ruis-
seaux qui coulent continuellement de tous côtés
et entretiennent la fécondité de la terre en la
rafraîchissant. Là, les troupeaux trouvent sur
les montagnes l'herbe la plus nourrissante ; ils
y restent nuit et jour, et donnent le lait le meilleur, le beurre le plus gras, dont la Suisse tire
sa propre existence et une bonne part de ses
revenus. Vraiment, il n'y a sur la montagne et
dans la vallée comme dans tout le reste de l'u-
nivers, aucun endroit où nous ne trouvions les
causes les plus légitimes de remercier notre
Créateur pour les sages dispositions de sa divine
providence.

« Nous avancions lentement ; j'étais tout
entière à ma contemplation silencieuse, d'où le
guide me tirait parfois pour attirer mon attention sur une belle fleur ou une cascade écu-
mante. Enfin nous atteignîmes notre but le
plus rapproché : la *Tête-Noire*. « Ici, me dit le
guide qui aimait à lier conversation, nous nous
arrêterons deux heures : les hommes et les bêtes

ont besoin de se reposer et de se rafraîchir. » Il avait mille fois raison : tous mes membres étaient brisés, et depuis des années je ne m'étais sentie si fatiguée. Nous sautâmes avec joie à bas de nos mulets, et, sans regarder beaucoup autour de nous, nous entrâmes dans l'unique hôtel du lieu pour nous faire préparer à dîner. Nous fûmes admirablement servis : le vin frais était délicieux après ce chaud voyage, et le repas se passa joyeusement, de la plus agréable manière. Il était déjà trois heures, et personne ne semblait encore songer au départ. Nous fûmes heureux d'employer ce peu de loisir à jouir des beautés de ce pays sauvage. Nos guides étaient comme nous touchés des charmes de la nature, et je crois que ce n'est pas sans intention qu'ils nous firent rester assez longtemps dans ces lieux si pittoresques. L'hôtel se dresse tout seul sur un rocher, entouré de magnifiques forêts de pins, à l'aspect sombre et effrayant. Dans la vallée profonde coule l'*Eau Noire* : c'est un torrent mugissant qui semble enfoui dans la nuit, et qui roule, enveloppé d'une obscurité profonde.

« Derrière la maison se trouve un balcon : j'y demeurai un instant à contempler en repos cette nature déserte, mais sublime. Oh ! comme tu aurais dû être à mes côtés, ma chère amie ! Je serais encore volontiers restée un certain temps, car je ne pouvais embrasser en quelques moments cet admirable panorama dans son ensemble. A mes pieds le torrent noir mugissait ; en face se dressait un rocher escarpé, haut et sombre ; de tous côtés s'élançaient de superbes pins, pleins de vie et de fraîcheur ; au loin, on apercevait un chalet solitaire, plus près une vache qui paissait, et, tout autour de nous, partout, sur les bords du torrent comme sur les flancs de la montagne, régnait un solennel silence.

« Ce fut la vive Warinka qui m'éveilla de mes beaux rêves et me ramena devant la maison, où déjà toute la compagnie des voyageurs était réunie. Nous voilà donc partis, marchant d'abord d'un pas modéré le long de la montagne. La chaleur était tombée, et une fraîcheur agréable commençait à se faire sentir. L'ombre des sommets s'étendait toujours plus longue, et les parois des rochers semblaient se rapprocher. Depuis le départ nous avancions dans un véritable défilé, brèche formidable dans un mur de rochers noirs, ombragés de sombres pins, où jamais un rayon de soleil ne pénètre : c'est ce qui a fait donner à ce lieu désolé le nom de Tête-Noire.

« Par une pente qui descend à pic, un sentier escarpé, protégé par un rempart, mène jusqu'à la brèche elle-même, dont on doit franchir la voûte obscure avant d'arriver dans la pittoresque Savoie. Je ne peux pas te décrire, ma chère amie, l'angoisse que j'éprouvai sur ce chemin peu rassurant. Les mulets, habitués à cette descente rapide, marchaient lentement, d'un pas sûr, comme s'ils s'étaient trouvés sur une large chaussée : pourtant je ne laissai pas le guide s'éloigner, et comme je regardais dans l'abîme, il me sembla qu'une main invisible voulait m'y attirer. On n'entendait rien que le bruit des eaux écumantes. Je puis dire que je fus bien aise de laisser derrière moi ce terrible passage. Arrivé à un poteau, le guide fit remarquer que là cessait le canton du Valais, et que nous entrions dans la Savoie.

« Nous mettions le pied, pour la première fois, sur le sol français, dans le plus jeune des départements annexés par Napoléon III, à la fin de la guerre avec l'Autriche[1]. Je m'engageai dans une conversation politique avec mon guide, car j'ai toujours plaisir à entendre les paysans parler de leurs gouvernants. Souvent on recueille de la bouche de ces hommes simples et peu cultivés les jugements les plus sensés. Comme il l'avait entendu dire, mon guide suisse me raconta qu'on était content de la domination française : Napoléon avait beaucoup fait pour le pays qui, d'ailleurs, sous le premier Empire, avait déjà fait partie de la France. Depuis la nouvelle annexion, on avait vu des routes se construire, des écoles s'ouvrir ; une sage réglementation avait développé le commerce et l'industrie. C'est en nous entretenant ainsi que nous arrivâmes enfin dans la plaine. Le chemin était maintenant bien plus agréable. Nous laissions derrière nous chalets après chalets, cent

1. La Savoie fut rendue à la France par le traité de Zurich (1860).

petits villages après d'autres petits villages.
Attirés par le bruit des pas de nos bêtes, de
nombreux enfants à demi nus, semblables à de
vrais sauvages, s'élançaient sur la route pour
nous regarder avec étonnement, surtout pour
nous demander l'aumône dans leur langue in-
compréhensible, mais avec des gestes très intel-
ligibles : nous leur donnâmes avec plaisir
quelques pièces de monnaie. Comme je l'ai
souvent observé, c'est une des tristesses des
voyages dans les pays de montagnes que cette
rencontre dans les plus magnifiques paysages
d'êtres chétifs, misérables, plus semblables à
des bêtes qu'à des hommes. On éprouve une
sensation pénible à ce contraste entre les ma-
gnificences de la nature et la lèpre de misère qui
ronge ces pauvres gens.

« Je regardais de tous côtés si je n'apercevais
pas le mont Blanc ; mais le géant était encore
caché dans sa majesté, et nos regards n'arri-
vaient qu'à quelques glaciers qui l'environnent
et qu'éclairait le soleil couchant. Le chemin
était maintenant si beau, si tentant, que nous
descendîmes tous de nos mulets pour marcher

plus librement. Le professeur m'offrit son bras ;
j'étais lasse, je l'acceptai de grand cœur, et nous
avançâmes ainsi vers le village d'Argentières.
Malheureusement la nuit commençait à descendre sur la vallée, et bientôt il nous fut
impossible de nous distinguer les uns des
autres. Çà et là brillait dans le lointain quelque
petite lumière. Les ténèbres étaient complètes
quand nous arrivâmes à Argentières. Là, deux
voitures découvertes nous attendaient pour nous
conduire à Chamonix, but de notre voyage.
Nous y montâmes après avoir dit adieu à nos
guides.

« Le professeur, ma compagne de voyage et
moi, nous avions pris place dans une première
voiture ; nos amis nous suivaient. Chaque fois
que nous descendions une pente rapide, notre co-
cher faisait claquer longuement son fouet pour
avertir les gens qui pouvaient se trouver sur le
chemin. Tu connais mes faciles inquiétudes :
toutes les précautions du monde ne m'eussent
pas empêché de trembler pendant tout le
voyage. L'obscurité la plus complète nous entourait, si bien que, dans le vrai sens du mot,

on ne voyait pas devant soi : or la route est bordée d'un côté par des rochers, et, de l'autre, elle longe le précipice où gronde l'Arve. Enfin, après trois heures de chemin, nous arrivâmes à l'entrée du village de Chamonix. Chaque petite chaumière était éclairée d'une faible lumière : les portes étaient ouvertes, et, devant elles, les hommes fumaient paisiblement leurs pipes. Là, nous retrouvâmes le pavé sonore, et, bientôt, nous descendîmes devant l'hôtel, où nous pûmes, dans la spacieuse salle à manger, prendre du thé et un peu de nourriture. Nous allâmes ensuite nous reposer heureux et dispos, l'âme pleine du plaisir que nous avions à nous rappeler cette journée si remplie.

« Le lendemain matin, je m'éveillai de bonne heure, je m'habillai rapidement et j'ouvris ma fenêtre avec la plus vive impatience, pour contempler, enfin, le mont Blanc. Quel spectacle grandiose et inattendu s'offrit à mes yeux ! Ma plume est impuissante à te le décrire d'une manière suffisante. Pourtant, ma chère amie, je veux essayer de t'exprimer ce qui enchanta si profondément mes yeux et mon âme. La

matinée était splendide, et la belle vallée merveilleusement éclairée. Le soleil venait précisément de se lever à l'orient, et il chassait rapidement les légères vapeurs qui flottaient à cette
heure matinale sur les plus hautes cimes des
rochers. Les sommets couverts de neige étince-
laient d'une manière éblouissante dans cet air
si pur, et le mont Blanc se dressait dans toute
sa splendeur et sa magnificence. Le roi du
ciel versait ses flammes sur le géant des montagnes européennes et le couvrait d'une lueur
rosée, comme de reflets fantastiques. Sous ses
rayons, la neige et la glace lançaient les feux
de millions de diamants et de rubis : c'était la
lumière, l'éclat, le resplendissement de couleurs
de toutes les pierres précieuses. C'était presque
trop pour l'œil ébloui! L'éloignement trompait
le regard; on eût dit que les montagnes couvertes de pins, qui en réalité étaient assez éloi-
gnées du mont Blanc, se trouvaient très voisines
de nous : si bien que ces masses noires, rappro-
chées, par un merveilleux effet d'optique, du
massif qu'éclairait une puissante lumière, ressor-
taient avec une vivacité singulière, et produisaient

sur les spectateurs une impression d'autant plus profonde. Je ne m'arrachai qu'à contre-cœur à ce tableau sublime, quand ma jeune amie vint me chercher pour déjeuner. Je retrouvai mes compagnons de voyage dans la salle à manger : aucun ne laissait voir d'accablement ni de fatigue. Tous étaient gais, satisfaits et riants : ce fut avec joie que nous nous préparâmes à une nouvelle excursion.

« Il s'agissait de gravir la Flégère, une des hauteurs voisines les plus escarpées. Les mulets, qui devaient nous porter au sommet de la montagne et nous en ramener, n'étaient pas encore équipés. Nous les attendîmes dans la rue, tout en examinant les physionomies variées des passants. Des étrangers de toute provenance et de toutes langues défilaient devant nous : des Anglais, dans de surprenantes toilettes; de joyeux Français, de graves Allemands, tous semblaient se réunir pour effectuer dans la journée les plus téméraires ascensions. L'aspect général du village me fit une très heureuse impression; une modeste église, située à droite sur une petite hauteur, complétait l'ensemble de ce joli tableau.

« Mais voici que nos mulets arrivent : nous montons joyeux sur leur dos et nous nous mettons en route. Mais à peine avions-nous laissé le village derrière nous que nos bêtes devinrent très indociles, contrariées sans doute d'être obligées de suivre une direction qui n'était pas de leur goût. Tout à coup, ma pauvre dame de compagnie, qui était demeurée à quelques pas du guide, fut impuissante à maîtriser son mulet qui la jeta violemment à terre.

« Fort heureusement, elle n'éprouva aucun malaise de sa chute, dont elle se releva, du reste, en riant. Elle remonta avec courage sur une bête moins capricieuse, et, après nous être remis de notre émoi, nous continuâmes notre chevauchée sans nouvel accident.

« En partant de Chamonix, la route, large d'abord, suit la vallée et franchit l'Arve sur un pont. Le chemin plus étroit, qui la continue, traverse pendant quelque temps une petite forêt de pins, puis, par une pente escarpée et dénudée, grimpe en zigzag jusqu'au sommet de la Flégère. La sûreté des montures est merveilleuse dans ces passages difficiles et périlleux où le

moindre faux pas serait fatal et précipiterait le
cavalier dans l'abîme. Toutefois, et malgré le
danger, je ne pouvais m'empêcher de jeter furti-
vement un coup d'œil en arrière, pour jouir
du panorama qui se déroulait en bas, derrière
nous. Éclairé en plein par le soleil, Chamonix présentait un ravissant aspect; l'Arve
serpentait comme un fil d'argent dans la vallée,
et le mont Blanc se découvrait à nous dans
toute son imposante majesté : du point élevé
où nous nous trouvions, nous pouvions l'apercevoir de tous côtés.

« Dans cette excursion, nous avions encore
pour guides.des hommes qui causaient agréa-
blement. Bien volontiers ils se laissaient entraîner sur le terrain de la politique : or, je te
l'ai déjà dit, je ne déteste pas ce genre de
conversation. J'appris par eux des détails intéressants sur les réformes dues à Napoléon, et
l'attachement qu'il a su inspirer ainsi aux paysans de la Savoie. J'appris aussi quelle attraction
semble exercer sur un certain nombre d'Anglais
l'ascension du mont Blanc, si pénible et si
dangereuse. Enfin, en devisant ainsi, nous arri-

vâmes par de continuels détours, après avoir
traversé encore une forêt et franchi un torrent,
à la Croix de la Flégère, où une petite auberge
isolée nous invitait au repos.

« A peine arrivée, je me laissai aller de nouveau à ma passion de découvrir et de contempler quelque nouveau spectacle de cette belle
nature.

« Du haut d'un petit tertre où l'on avait une
rare étendue de coup d'œil, on embrassait, dans
toute sa longueur, le massif du mont Blanc. Le
géant lui-même, avec ses vastes champs de neige,
tout entier découvert, se dressait à nos yeux du
pied à la cime. En face de nous, un large glacier
attirait tout d'abord notre attention ; on l'appelle
d'un nom caractéristique, la Mer de glace, car
il offre l'aspect d'une mer prise et congelée.
Celle-ci avec ses mille découpures, m'apparaissait là-bas comme un gigantesque serpent
d'argent, couché et immobile, exposant son dos
monstrueux à l'ardent soleil de midi. Le dôme
du mont Blanc, par contraste, se détachait plus
blanc encore sur l'azur du ciel ; les aiguilles de

glace et les pics aigus brillaient d'un étincelant éclat.

« Devant moi, toute cette blancheur aveuglante, et, autour de moi, la fraîche verdure des pins : c'était une belle, une admirable opposition. J'étais comme ravie en admiration : je m'assis devant cet indescriptible tableau d'une sublime nature. Qui pourrait, devant un pareil spectacle, nier l'existence de Dieu ? Qui pourrait douter ici de la puissance suprême du Créateur qui se fait connaître à nous si merveilleusement par ses ouvrages ? Mon cœur débordait d'émotion et de reconnaissance, et c'est avec ferveur que je glorifiai le Père céleste, qui m'avait permis de contempler, dès ma jeunesse, et dans des circonstances si heureuses, quelques-unes des merveilles de sa création. Ce fut avec un bien grand regret que je m'arrachai à ce spectacle, qui s'est gravé en ma mémoire d'une manière ineffaçable. Hélas! tout doit prendre fin ici-bas ! Les cris et la conversation des voyageurs m'avertirent que je devais échanger mon précieux coin pour une place moins agréable. On me priait de restaurer mes forces dans la cabane, avec du pain et du

fromage, et cependant mon cœur et mon esprit
n'étaient point rassasiés, et voulaient sans cesse
goûter les incomparables jouissances de la
nature.

« Après être restés environ deux heures sur
cette belle montagne, nous retournâmes lentement à notre hôtel. Ce retour fut pour moi très
agréable ; tantôt j'étais sur mon mulet, et tantôt je marchais au bras du vieux et aimable professeur. Nous arrivâmes ainsi vers cinq heures à
Chamonix. Le temps était encore si beau, qu'au
coucher du soleil nous nous promenâmes dans
le village. Ici, tout était vivant et animé ; les
voyageurs, se reposant des fatigues du jour,
circulaient dans la rue, fumant ou sifflant de
joyeuses chansons. Tous se promenaient comme
nous, ou entraient dans les boutiques pour acheter
de petits objets en bois découpé. Nous nous
trouvâmes amenés nous-mêmes à acheter de
hauts alpenstocks sur lesquels, d'après la coutume des touristes, nous fîmes inscrire les noms
des principaux endroits que nous avions visités
et des paysages que nous avions vus.

« Quand le soleil fut près de se coucher,

nous nous rendîmes près de l'Arve, sur laquelle un léger pont de bois était jeté, reliant les deux rues principales. Nous y restâmes pour admirer le fracas du torrent. Un souffle d'air froid nous cinglait le visage : agréable contraste entre la douceur tiède de l'atmosphère et la basse température de l'eau qui sort des glaciers et en tire aussi sa couleur grise. Nous eûmes encore sur ce pont la joie d'un coucher de soleil extraordinairement beau. Les montagnes et les glaciers resplendissaient admirablement dans l'éclat enflammé du crépuscule. J'étais ravie d'emporter une image si belle et si complète de Chamonix. Bien fatigués, mais très émus et bien heureux de tout ce que nous avions vu, nous allâmes réparer nos forces dans le sommeil.

« Le lendemain matin, nous prîmes place dans deux voitures découvertes, car nous devions aller à Genève par un courrier extraordinaire. J'éprouvais beaucoup de peine en tournant le dos au charmant village de Chamonix, au sublime mont Blanc, aux éblouissants glaciers, en disant adieu à ce paysage incomparable. La séparation est toujours douloureuse, qu'on doive

quitter un être cher ou une nature atta-
chante. On ne sait jamais si l'on reviendra,
si l'on éprouvera de nouveau, dans les
mêmes circonstances, le même plaisir. Une
tristesse s'empare de l'âme ; on fait la douloureuse réflexion que rien n'est durable et que
tout passe ici-bas. Mais la grande nature est
immuable, et, en nous-mêmes aussi, reste avec
son souvenir, l'impression vivante des images
qui nous ont frappés. Puissance admirable de
l'imagination ! Si nous fermons les yeux, nous
pouvons aussitôt nous transporter par la pensée
dans les pays que nous avons quittés depuis
longtemps, et renouveler, ou, du moins, réveiller un instant au fond de nos cœurs, les joies
que nous avons jadis éprouvées.

« Après tout ce que nous avions vu sur la
route de Martigny à Chamonix, ce nouveau
voyage nous parut moins étonnant et moins caractéristique. Nous allions, toujours en vue des
hautes montagnes, sur un large chemin bien
entretenu, à travers de fraîches prairies, où
paissaient des troupeaux magnifiques. Souvent, en passant devant des cabanes basses,

nous voyions des enfants avancer leurs petits visages barbouillés pour regarder les chevaux, qui filaient rapidement.

« Notre première halte fut Sallanches, un très joli village. La diligence ou malle-poste arriva presque en même temps que nous, et tous ses voyageurs descendirent dans le même hôtel, où nous dînâmes à la grande table commune. Bonneville, qui fut notre arrêt le plus proche, et, en même temps, le dernier, a une certaine importance administrative : c'est, nous dit-on, le chef-lieu de l'arrondissement ; mais c'est surtout une jolie petite ville. Pendant que le postillon et les chevaux se reposaient, nous pûmes jeter un coup d'œil sur le paysage. La ville est située dans une vallée riche et pittoresque ; un beau pont franchit ici l'Arve qui nous est familière, et, sur ce pont, se dresse une haute statue de Charles-Félix, roi de Sardaigne.

« La nuit était tombée avant notre arrivée à Genève. Il était assez tard quand nous entrâmes dans la ville qui était fort bien éclairée, et quand nous descendîmes à l'*hôtel des Bergues*. D'après le plan de notre voyage, il était décidé

que nous ne passerions qu'un jour à Genève.
Aussi sortîmes-nous le lendemain de très bonne
heure pour voir tout ce que la ville peut offrir
de remarquable.

« Bien que Genève compte beaucoup de rues
étroites et montantes, c'est, dans l'ensemble, une
belle ville, et qui laisse une agréable impression.
Les boutiques richement ornées, les maisons
imposantes et grandioses respirent l'aisance et
même la richesse. Les rives charmantes du lac,
comme celles du Rhône qui en sort, sont ornées de
cafés et de superbes hôtels : entre autres, l'*hôtel
de la Couronne*, bâti en marbre jusqu'au qua-
trième étage. Ce qui nous attira particulièrement, ce fut la petite île dite de Rousseau. Elle
est plantée d'arbres magnifiques qui couvrent
de leurs ombrages la statue du célèbre philo-
sophe.

« Le frère aîné de mon père possède non loin
de Genève une très belle villa qui se nomme,
je ne sais pour quelles raisons, le *pavillon Prégny*.
Mes amis et mes compagnons de voyage dési-
raient beaucoup voir cette maison de campagne.
Nous allâmes donc voir mon oncle qui nous

reçut aimablement, et nous montra avec empressement sa splendide propriété. Prégny, qui
est situé sur une petite hauteur, nous offrit
ce jour-là, grâce à la sérénité du ciel, une vue
magique. La maison elle-même est grande
et spacieuse, et tout ce que la richesse peut
donner à l'homme en luxe et en confort se
trouve ici réuni. Nous nous promenions à travers toutes les pièces, et nous aurions eu besoin
de beaucoup de temps, si nous avions voulu
voir de plus près tous les trésors artistiques, les
vases de Chine authentiques, les tableaux, les
statues de marbre, les remarquables ciselures de
bois, les admirables verreries de Venise, les
armes anciennes et autres raretés : nous eûmes
à peine le temps d'admirer ces trésors à la
hâte.

« Le jardin est entretenu avec le plus grand
soin; les plantes les plus rares ornent les allées
qui sont disposées avec un art admirable; j'eus
plaisir à y trouver même de superbes cèdres.
Où ces arbres des pays méridionaux auraient-
ils pu trouver une place mieux appropriée?
Transportés du pays de la religion dans le pays

de la liberté, ils poussent ici de profondes
racines, et ils balancent leurs branches dans
l'éther pur. De charmants animaux mettent de
la vie dans ce jardin princier, des singes même
s'agitent librement dans un grand espace réservé
à leurs mouvements désordonnés et à leurs
jeux capricieux. Nous allâmes voir ensuite
les écuries, qui sont tenues avec une propreté
modèle, si nettes qu'on pourrait y habiter. On y
voyait de beaux chevaux de trait et de selle qui
secouaient avec fierté leurs nobles têtes. Nous
entrâmes ensuite dans une grande salle où
quelques rafraîchissements nous attendaient.

« La salle du rez-de-chaussée conduit au jardin, et, devant elle, se trouve une vaste terrasse où mon oncle et ma tante ont l'habitude,
le soir, de prendre le thé. Je restai là comme
clouée au sol par l'admiration. Comment pourrais-je, ma très chère amie, te peindre cette
splendide perspective, l'aspect ravissant de ce
riche paysage ? A droite, Genève avec ses nombreuses villas ; devant nous, le mont Blanc,
précisément éclairé par l'ardent soleil de midi ;
au-dessous de nous, le lac, d'un bleu profond, sur

lequel une quantité de petites embarcations glissaient légèrement, délicieux régal des yeux ! Mon oncle possède aussi là un petit bateau à vapeur, qui est toujours prêt à emmener ses amis en partie de plaisir.

« Cette demeure me parut un vrai paradis sur terre : que pouvait-on imaginer de plus beau que cet admirable séjour? On voit réuni ici tout ce qui peut rendre l'homme heureux et gai, et je souhaite ardemment que le contentement, le bonheur et l'amour, ces principes de la vie, aient fixé aussi leur résidence dans cette demeure ! Après avoir visité cette splendide habitation, je ne pus m'empêcher de me dire que les biens de cette terre sont fort injustement répartis. L'un possède tout, l'autre n'a presque rien. J'étais presque tentée de déplorer la destinée humaine ! Certes, c'est une obligation stricte pour le riche de réparer par une active et incessante bienfaisance ces inégalités du sort.

« Après avoir cordialement remercié mon bon oncle pour son hospitalité, nous nous hâtâmes vers le chemin de fer, et, le même soir,

nous nous retrouvions dans le charmant séjour
de Vevey, à l'hôtel des Trois-Rois qui nous
avait si bien reçus, avant que nous eussions
entrepris notre belle excursion au mont Blanc.
Nous y restâmes deux jours pour nous reposer
un peu de toutes nos fatigues. Nous passions
une partie de notre temps au jardin, dans le
calme, et l'autre chez le professeur, qui parle
fort bien et nous racontait de joyeux souvenirs.
Le jour suivant, il nous fallut dire adieu jusqu'au
lendemain à nos chers compagnons de voyage,
et, ma dame de compagnie et moi, nous quittâmes Vevey pour aller à Lucerne. Le voyage
fut charmant; je ne cessais de regarder par la
portière pour admirer, malgré la rapidité du
passage, des villages particulièrement bien situés.
Nous avons longé le lac de Sempach, moins
renommé pour la beauté du paysage que pour
les souvenirs historiques qu'il rappelle. En
effet, non loin du lac se trouve la petite ville
de Sempach, dans le voisinage de laquelle, en
1386, le duc Léopold d'Autriche fut battu par
les Suisses, grâce au dévouement d'Arnold de

Winkelried, un des fondateurs de la liberté helvétique.

Arrivées dans la superbe ville de Lucerne, nous descendîmes au grand hôtel appelé Schweizerhof. Ma chère amie, il m'est impossible de te décrire le ravissant aspect qu'offre cette ville. Lucerne est située sur le lac des Quatre-Cantons, d'où sort la Reuss, rivière limpide comme le cristal, d'un vert d'émeraude, et rapide comme un torrent qui menace de tout emporter. La ville est bâtie en amphithéâtre sur plusieurs collines qui bordent le lac au nord, et d'où l'on aperçoit les Alpes qui se dressent couvertes de neige. Nous attendions nos amis pour le soir, mais nous voulûmes faire une promenade avant leur arrivée. Nous nous rendîmes sur la Capellbrücke, qui traverse le lac en coupant le courant. C'est un pont ouvert sur les côtés, et couvert d'un toit, sous lequel sont peints cent cinquante-quatre tableaux à la fresque, représentant des faits de la vie de plusieurs saints, ou des événements de l'histoire suisse. Nous fîmes ensuite un tour dans la ville, pleine de vie et animée d'un grand mouvement

d'affaires. Nous étions fatiguées et nous sentions
le besoin de prendre un peu de nourriture ;
aussi nous retournâmes à l'hôtel où l'on nous
fit dîner dans une grande salle à manger, avec
des voyageurs de toutes les nations.

« Après l'arrivée de nos amis, nous nous
promenâmes sur le quai jusqu'à une heure assez
tardive. Ce quai est orné de magnifiques hôtels
et planté de châtaigniers touffus. Le lendemain
était un samedi ; nous quittâmes l'hôtel de bonne
heure pour voir les curiosités que possède la
ville. Le temps était splendide : nous devions
en profiter. Nous allâmes d'abord à la cathédrale,
ou église collégiale, pour entendre jouer l'orgue
célèbre construit à Harlem. Ce fut pour moi
l'édification du jour du repos. Nous étions
pleins d'attention, et nous écoutions avec un véri_
table enthousiasme le jeu excellent, vraiment
artistique, de l'organiste. Un seul homme
tenait lieu de tout un orchestre. Il imitait le
roulement du tonnerre, le fracas de l'eau, le
sifflement du vent ; il joua ensuite quelques
mélodies délicates très remarquables. J'avais
rarement entendu une musique qui m'eût

pénétrée si intimement. Quand le cœur est ainsi
touché et ému, c'est comme si, du fond de
l'âme, nous adressions nos prières au Père
céleste, dont nous nous sentons plus rappro-
chés. Arrachés un instant au cercle étroit des
occupations et des idées journalières, nous
sommes transportés dans des sphères plus hautes
où nous sommes réellement bienheureux !

« De là nous allâmes voir le fameux Lion de
Lucerne, qui n'est qu'à quelques minutes du
Schweizerhof. C'est le splendide monument
qu'on éleva en 1821 à la mémoire des vaillants
Suisses qui avaient été tués à Paris, pendant la
Révolution, en défendant les Tuileries, dans la
sanglante journée du 10 août 1792. Ce monument se trouve dans une sorte de grotte. Sur
une haute muraille de pierre se détache un lion
mourant, transpercé par une lance brisée, et
qui, avec sa griffe, protège et défend les armes
des Bourbons, un écu orné de fleurs de lis. On
lit, au-dessous, cette inscription latine : *Helve-
tiorum fidei ac virtuti*, « A la fidélité et à la vail-
lance des Suisses. » Les noms des héros tombés
sont gravés sur le mur du rocher qui, malheu-

reusement, s'effrite chaque jour davantage. Le rocher lui-même est couvert, comme d'un pittoresque tapis de verdure, de lierre et d'autres plantes grimpantes. Au bas jaillit une source qui vient de la hauteur ; le bassin qu'elle remplit est bordé de pins, et dans ses eaux, malgré les herbes aquatiques qui les ternissent, on voit se refléter l'image du lion. Quelques bancs, autour de ce monument imposant, invitent le promeneur à s'arrêter. La chaleur était déjà ardente, et nous eûmes du plaisir à nous asseoir pour contempler à loisir ce monument consacré au dévouement et au courage. L'arrangement judicieux de l'ensemble, et tous les alentours, causent une impression particulièrement émouvante.

« Le calme de ces lieux, les souvenirs qu'ils évoquaient, me causaient comme un frisson d'émotion rétrospective. Au cours de mes réflexions, quelques-unes des scènes de la terrible Révolution se présentaient à mon esprit dans toute leur horreur. Certes, bien des années se sont écoulées, depuis cette époque mémorable ; le régime politique et social a pris un tout autre

aspect, depuis que cette petite troupe se sacrifia
avec un courageux dévouement pour le malheureux roi Louis XVI. Les temps changent,
mais l'humanité garde toujours son admiration
aux hommes véritablement nobles et grands.
Nous restâmes longtemps dans cet endroit mé-
lancolique qui éveille d'intimes impressions ;
nous pouvions à peine nous résoudre à quitter
l'image émouvante du lion, et nous étions déjà
partis, que je me retournais encore pour lui
dire adieu. Dans une petite boutique du voisinage, nous achetâmes comme souvenir quelques
bonnes photographies qui ne peuvent pourtant
donner qu'une faible idée de cette œuvre d'art
si grande dans sa simplicité.

« Nous poursuivîmes encore un moment
notre promenade dans la ville, remarquant mille
choses intéressantes ; mais ce que nous avions
vu de plus beau était toujours l'incomparable
lion : ici la nature et l'art s'étaient unis pour
présenter à l'homme un monument grandiose
et émouvant. Nous pouvions dire à coup sûr
que cette journée, avec les réfléxions qu'elle nous
avait suggérées, avait été pour nous aussi belle

que profitable. Nous sentions notre esprit rempli et comme animé de pensées élevées, et dans notre âme se pressaient des émotions profondes. Dans cette occasion encore, j'ai constamment regretté, ma chère amie, de ne pouvoir partager avec toi le bonheur de ces heures précieuses. Avec toi, le plaisir eût été encore plus vif, les impressions plus pénétrantes.

« Le soir, après le repas, nous restâmes tranquillement à l'hôtel ; nous nous assîmes dans le salon de lecture, et nous causâmes jusqu'à dix heures : après quoi, sous l'empire des plus agréables sentiments, nous nous retirâmes, satisfaites de notre journée.

« Le professeur nous avait demandé si le lendemain nous pourrions l'accompagner au Righi. Tout d'abord, je n'avais pas voulu participer à cette ascension qu'il nous fallait faire à cheval ; mais, enfin, je cédai à ses sollicitations, et le dimanche, à neuf heures, nous nous trouvions sur le petit vapeur qui devait nous conduire à Weggis. Peu de lacs en Suisse peuvent être comparés au lac des Quatre-Cantons, dont les bords pittoresques et la beauté majestueuse sont incomparables. Je l'avais souvent entendu dire, mais je fus bien heureuse de pouvoir m'en convaincre par moi-même, car tout ce que je vis me charma. Il est encadré de plantations luxuriantes et de sombres forêts de sapins. On voit partout des villas, des fermes, de jolies chapelles : nous mettions une particulière attention à saluer au passage les lieux consacrés par des souvenirs historiques, que le génie de Schiller a immortalisés d'une manière si saisissante dans *Guillaume Tell*.

« A Weggis, qui est un petit village insignifiant, nous prenons quelques rafraîchissements et nous montons sur les bêtes de somme qu'on avait commandées; elles étaient petites, mais vigoureuses, et accompagnées de guides intelligents. Notre excursion n'était nullement comparable à celle de la Tête-Noire. Sans doute, la nature est partout belle, mais les lointaines perspectives qui s'offraient à nous dans ces lieux ne nous faisaient plus autant d'impression, depuis les spectacles magnifiques que nous avions admirés. Le sentier monte d'abord en pente douce, à travers de riches plantations d'arbres fruitiers ; mais bientôt les arbres nous abandonnent : plus de verdure, et le chemin sans ombre devient escarpé et rude. On passe par la porte de rochers si connue, qui s'appelle le Kesbissen, formée de deux blocs énormes, sur lesquels un troisième repose. Il nous fallut toujours monter jusqu'au Rigikaltbad, notre première halte. En cet endroit nous regardâmes autour de nous : on avait une vue superbe sur le cirque des montagnes et le pays où les lacs abondent. Le temps n'était pas très favorable : le ciel, couvert de nuages, nous promettait une mauvaise soirée, et, malheureusement, cette promesse ne se réalisa qu'avec trop d'exactitude.

Après un court repos, nous poussâmes jusqu'au Rigikulm. C'est le plus haut des sommets de la chaîne du Righi. Le grand hôtel est au sud, un peu au-dessous de la cime. Nous devions y passer la nuit, pour voir, le lendemain matin, le lever du soleil qu'on a tant vanté. Guides et chevaux disparurent tout d'un coup, et nous nous hâtâmes vers l'hôtel pour retenir nos chambres, car beaucoup de voyageurs étaient annoncés, et nous avions à craindre de ne plus trouver de place. Le maître de l'hôtel nous indiqua quelques petits réduits assez peu confortables.

« Quand nous sortîmes, une demi-heure après, quel changement s'était opéré dans l'atmosphère ! Les nuages, ces ennemis acharnés du soleil et des voyageurs dans la montagne, commençaient déjà à envelopper les sommets de leur épais manteau. Néanmoins, il nous fut possible, un moment, du haut de la cime, de jouir d'une vue admirable. L'œil est surtout ébloui par la chaîne des grandes Alpes, couverte de neige, qui s'étend au loin : au-dessous d'elles, les montagnes de l'Oberland Bernois se dressent, éclatantes, pendant que, tout près de nous, nous saluons le lac de Zug, visible dans toute son étendue, la chapelle de Tell, Lucerne et son golfe. Peu à peu, cependant, et avec une rapidité merveilleuse, les nuages s'amoncelaient, et le soleil qui, peu auparavant, nous apparaissait comme un globe de feu étincelant, nous fut tout à coup caché. Le ciel devint d'un gris plus sombre, les traces même de notre chemin avaient presque disparu à nos yeux. Les garçons et le maître de l'hôtel nous appelaient pour nous faire rentrer rapidement, car nous eûmes de la peine à trouver la porte. En ce moment nous nous trouvions bien malheureux et fort à plaindre, car au lieu d'avoir le panorama du haut du Righi, nous dûmes nous enfermer dans la grande salle à manger, où beaucoup d'étrangers s'étaient déjà réunis. J'étais assise près d'une fenêtre, et je voyais avec quelle peine beaucoup de nouveaux venus suivaient le chemin de l'hôtel, heureux d'y arriver sans accident. Le garçon nous racontait mille histoires effrayantes d'étrangers, qui, par de pareils jours, dans la brume, avaient trouvé la mort en tombant dans l'abime.

« Je trouvai un agréable passe-temps : j'envoyai une dépêche à la maison pour adresser aux miens, du haut du Righi, un salut plein d'affection. Bientôt après, nous fûmes à ce point enveloppés de nuages qu'on ne pouvait distinguer aucun objet, en dehors de l'hôtel. La pièce commune était pleine de gens, et à six heures tous se mirent à table. Dès après dîner, et comme nous devions être éveillés le lendemain matin à quatre heures, nous allâmes nous coucher. Je dois l'avouer, je ne me sentais pas à mon aise dans cette immense maison isolée. Je frissonnais un peu, et toutes sortes d'histoires fantastiques dansèrent dans mon cerveau, jusqu'à ce qu'enfin le sommeil m'eût gagnée et que je perdis conscience de moi-même, comme si j'eusse été, moi aussi, enveloppée de nuages.

« Je fus tout à coup réveillée par un bruit étrange, qui me tira de mon profond sommeil. Je me levai en hâte et j'écoutai ce que cela pouvait bien être. C'était le signal du lever. Dans le grand corridor, un homme sonnait dans un cor des Alpes, pour faire savoir que le soleil allait bientôt paraître. Alors toute la maison s'agite, car chacun craint de manquer ce sublime spectacle de la nature. Successivement toutes les chambres se vident. Les yeux noyés de sommeil, tous les touristes, enveloppés de châles et de manteaux, se précipitent au dehors, sur la hauteur, pour saluer les premiers rayons du soleil. Mais c'était, hélas! une amère désillusion que nous allions chercher.

« Les nuages du soir précédent n'avaient pas

encore disparu, et bien qu'ils ne fussent pas aussi épais que la veille, nous ne pûmes voir du lever du soleil qu'une légère traînée rougeâtre, qui nous fit comprendre que, bien loin de nos regards, le roi du ciel était monté sur son trône matinal. Nous restâmes long-temps encore sur la hauteur, attendant que sa majesté voulût bien paraître en personne, mais ce fut en vain. Enfin, l'air frais du matin nous obligea à rentrer à l'hôtel. Il ne pouvait être question de chercher de nouveau le repos : après un frugal déjeuner, nous prîmes la réso-lution de nous préparer au retour.

« Mes compagnons de voyage préférèrent descendre du Righi tous ensemble à pied, mais je trouvai plus commode et plus agréable d'avoir recours à une chaise à porteurs. A pas rapide, malgré les pierres et les racines, nous arrivâmes au pied de la montagne. Les guides ne sentaient aucune fatigue, habitués qu'ils étaient à de pareilles excursions; ils chantaient même, dans cette promenade assez fatigante, leurs gaies chansons des montagnes.

« Nous nous dirigions vers Küssnacht, d'où

un petit vapeur devait nous conduire à Lucerne. Le nuage importun s'était cependant changé en une légère pluie, si bien qu'à Küssnacht même (et pourtant beaucoup de souvenirs se rattachent à ce village), nous ne pûmes voir que peu de chose. A l'abri de nos parapluies, nous nous promenions de çà et de là dans la petite ville. Nous ne pûmes que jeter un coup d'œil rapide sur le célèbre « chemin creux » où, suivant la légende, Tell accomplit jadis son exploit immortel. Et moi-même, bien qu'habituée dès longtemps à visiter toutes les églises, je me sentis ici remuée d'une piété bien plus vive, quand je restai quelques instants dans la petite chapelle de Tell, qui est ravissante avec ses ornements de marbre noir. — Un violent coup de sifflet me réveilla de mes rêveries : c'était le signal du bateau qui arrivait pour prendre les touristes du Righi. La fâcheuse pluie continuait toujours, mais, bien enveloppés de nos manteaux, nous nous assîmes sur le pont, condamnés à ne rien voir.

« C'est à Lucerne que je dus le lendemain prendre congé du bon professeur et me séparer de sa charmante famille. Ce fut pour moi une vive peine de dire adieu à ces chers amis : dans ces quelques jours, qui avaient passé si vite, nous nous étions étroitement liés. Quand on vit ensemble toute la journée, pendant trois semaines, on apprend à se connaître de plus près et à s'estimer. Le professeur prolongeait son voyage pour visiter des pays encore plus intéressants, tandis que l'approche des grands jours de fête me rappelait à la maison. Je quittai donc Lucerne l'âme un peu attristée.

« Le lendemain matin de bonne heure nous partîmes pour Zurich où nous descendîmes à l'hôtel. Nous prîmes une petite voiture découverte pour visiter la ville, qui ne contient d'ailleurs rien de bien remarquable. De la plateforme de l'école cantonale, qu'on atteint par un grand escalier, nous eûmes une vue d'ensemble de cette antique cité. Tout près du lac, grimpe un chemin assez rapide vers la Promenade, allée qui se trouve à une grande hauteur, et d'où l'on a une vue magnifique sur la ville, le lac et le paysage des environs. C'est là qu'est le très joli monument de Nægeli, le célèbre compositeur de musique.

« Le soir, une heure ravissante, pendant laquelle nous causâmes, au bord du lac, sur la terrasse, termina le séjour agréable que nous avions fait dans ce splendide pays de Suisse. Le lendemain matin, à quatre heures, en pleine obscurité encore, le chemin de fer nous emporta, et je retournai auprès de mes chers parents, l'esprit enrichi des images les plus variées, et plein des souvenirs les plus vivants.

« Mon premier soin, après le retour dans ma maison tranquille, a été de t'écrire, ma chère amie, pour revivre mes impressions avec toi, dans l'espérance que, plus tard, tu jouiras en réalité de ces beaux spectacles, et que tes sentiments seront d'accord avec ceux qui m'ont dicté ces lignes.

« Puisse cette lettre, qui, je l'espère, ne t'a pas fatiguée, être une petite excuse pour mon long silence. J'attends bientôt, ma chère amie, une réponse de toi, que j'aime de tout mon cœur.

Ta fidèlement dévouée,

***

DESCENDS
VERS TES FRÈRES

DESCENDS VERS TES FRÈRES

« Et il arriva en ce temps-là,
lorsque Moïse fut devenu grand,
qu'il sortit vers ses frères et qu'il
vit leurs travaux. » (IIᵉ livre de
Moïse, 2.11.)

Ces beaux versets de la Bible nous révèlent,
dès leur début, un trait remarquable du caractère
de notre vénéré maître Moïse. Ils font bien
pressentir la noblesse de son âme, la bienveillance de son cœur. En toutes circonstances, la
conduite de Moïse fut constamment admirable :
ce grand homme a toujours fait tous ses efforts
pour servir de modèle à son peuple. Il sacrifia
tout à ses frères, il ne vivait que pour eux; il
ne cessa jamais de les aimer, même lorsqu'ils

se montraient ingrats envers lui. On sait, en effet, qu'il lui arriva, en Égypte, de passer pour l'ennemi de sa race ! Cependant, les dispositions mauvaises de ses compagnons ne l'empêchèrent point d'avoir soin de ses frères, ni de les délivrer de l'esclavage, ni de les élever vers le bien par ses préceptes et par ses exemples. Guidons-nous donc sur Moïse, et tâchons de l'imiter dans le bien qu'il a fait.

Quand Moïse était jeune, il ne pouvait pas s'occuper de ses frères comme il l'aurait voulu. Cependant, dès ce temps, toutes ses pensées, toutes ses réflexions tendaient vers un seul but : le moyen de délivrer les Israélites de l'esclavage pour les amener à servir le Dieu Unique.

« *Mais Moïse devint grand* ». A la lecture de ces paroles, tous n'éprouveront peut-être pas la même impression. En effet, le mot *grand* peut avoir plusieurs significations. « Grand », dans le sens propre, veut dire adulte. Dans un sens plus étendu, il signifie celui qui est arrivé à de hautes dignités. Enfin, dans le sens le plus élevé, « grand » signifie noble, distingué. Ces trois

sens ne peuvent-ils pas s'appliquer à Moïse ?
Tiré des périls de son enfance, respecté, même
des impies, pressentant ses hautes destinées, il
ne cessa de remercier Dieu de sa délivrance
merveilleuse, en se consacrant corps et âme à la
libération et au bonheur de son peuple.

On sait que Moïse était le fils d'une esclave.
Pour le sauver de la mort qui le menaçait, ses
parents le déposèrent au bord du Nil, dans un
berceau fait de papyrus. On pensait que la fille
du Pharaon, en se rendant au bain, le verrait et
s'intéresserait à lui.

Ainsi les malheureux parents durent confier
leur enfant au hasard. Mais, à vrai dire, le
hasard existe-t-il ? Croyons que c'est la main de
Dieu, qui, seule, agit. Donc, le Tout-Puissant,
qui jamais ne dort ni ne sommeille, veilla sur
l'enfant. Lorsque la fille du Pharaon aperçut
celui-ci qui pleurait, elle fut touchée de compas-
sion, et elle résolut de le sauver et de l'élever
comme son propre fils. Elle fit appeler la mère de
l'enfant pour l'allaiter. Cette femme était aussi
bonne que vertueuse ; elle éleva Moïse dans la
crainte de Dieu, et déposa dans cette jeune âme le

germe de toutes les vertus. Elle lui apprit à aimer tous les hommes comme ses frères, et l'instruisit dans la religion de ses ancêtres. A la cour, on lui enseigna tout ce qui convenait à son rang de prince. Les prêtres lui dévoilèrent les mystères de la science égyptienne ; ils lui exposèrent leurs doctrines religieuses, et c'est ainsi qu'il connut les superstitions des païens. Son esprit, dès lors, s'éclaira, et il sut distinguer le mensonge de la vérité. Dans le fond de son cœur, il détestait les Égyptiens parce qu'ils maltraitaient ses frères. De bonne heure il s'enflamma pour la justice et le bon droit. Pourtant, il restait humble et modeste. Élevé en prince royal, il recevait tous les honneurs qui s'adressaient à son rang avec le sentiment qu'il n'était que le fils d'une esclave. C'est pourquoi la Bible dit : « Moïse était un homme fort doux, plus qu'aucun homme qu'il y eût sur la terre. » (IVᵉ *liv.* M. 12, 3.) Et pourtant Moïse était le plus grand de tous les hommes : mais la vraie grandeur ne connaît pas l'orgueil. Entouré de splendeur et de richesses, il n'oubliait pas ses frères opprimés. Il allait dans les champs, se mêlait aux pauvres esclaves, leur adressait la parole, et les aidait dans leurs travaux.

De cette manière il se montra *grand*, en même temps que pieux et secourable.

Gloire à celui qui s'humilie devant Dieu, et qui vit en communion de sympathie avec les hommes. Celui qui est vraiment dévoué à Dieu, qui remplit tous les commandements divins avec fidélité, qui vient au secours de ses frères et qui se rapproche d'eux dans leur misère, est béni de Dieu : il est *grand*, car il a accompli de grandes choses.

« *Moïse sortit vers ses frères* » — il alla courageusement au-devant de la misère, et ne s'effraya point à sa vue. Il rechercha les misérables pour tâcher de leur venir en aide.

Ici, encore, suivons l'exemple de Moïse, et ne craignons pas de voir de près la misère et de la toucher de nos propres mains. N'ayons pas peur d'entrer dans les demeures des pauvres, pour visiter les malades, les abandonnés. Ce sont des hommes comme nous, et ils ont besoin de secours. Cherchons à les arracher de la triste nuit du malheur, pour les conduire au bon soleil du bien-être moral et physique. Si, en agissant ainsi, nous semblons *descendre* vers les classes inférieures de l'humanité, d'autre part, nous *exhaussons* notre âme, nous nous élevons au-dessus de l'égoïsme, et nous nous rapprochons de Dieu.

« *Et Moïse vit leurs travaux* » — c'est dire qu'il ne resta pas indifférent à l'aspect de leur servitude, car au fond de son cœur existait la sympathie la plus vive pour tous les êtres humains. Depuis son enfance, il avait pratiqué l'amour de ses semblables. Toute sa vie ne fut-elle pas un effort continuel vers le bien ? Dès sa jeunesse, il veut devenir le sauveur de son peuple. Arrivé à l'âge d'homme, il dompte, avec l'aide de Dieu, le Pharaon lui-même : il le force à permettre aux enfants d'Israël de quitter la terre maudite d'Égypte pour servir librement l'Éternel. Enfin, au prix de mille dangers, il se dévoue pour conduire ses frères jusqu'au seuil de la Terre promise.

Plus tard, cependant, Moïse éprouva l'ingratitude de son peuple. Les Israélites le récompensèrent bien mal de tout le bien qu'il leur avait fait. Il souffrit, quand il les entendit murmurer contre lui, le jour où la nourriture vint à leur manquer. Il souffrit encore plus, lorsqu'ils fabriquèrent un veau d'or et se mirent à l'adorer, tandis qu'il adorait, lui, l'Éternel sur le mont Sinaï. Cependant il supporta tout avec patience. Et c'est ainsi que nous-mêmes devons agir.

Toute notre vie doit être un effort continuel vers le bien. Efforçons-nous de rendre heureux nos semblables et de les tirer de la misère. Apprenons à tendre une main secourable à tous, même aux étrangers. Sachons nous montrer charitables, même envers ceux pour qui nous n'éprouvons aucune sympathie. A l'égard de nos parents, de nos amis, de tous ceux que nous connaissons et qui nous entourent, nous devons nous efforcer d'être aimables, bienveillants et secourables, afin d'être aimés par eux. Suivant l'exemple de Moïse, pensons d'abord aux autres.

Et moi aussi, je veux diriger tous mes efforts vers le bien pour me rendre agréable à mes parents, à mes maîtres, à mes amis, à tous ceux que je connais. Si jamais je leur ai causé du chagrin, que mon cœur soit rempli de contrition. Puissé-je suivre ainsi l'exemple que Moïse nous a donné.

Que le Père Tout-Puissant me donne la force d'agir suivant cette intention, et m'accorde sa bénédiction.

LETTRE

LETTRE

MADAME,

C'est un devoir pénible qui m'impose l'obligation de vous adresser ces lignes. Je suis, hélas ! forcé d'accomplir la promesse sacrée que j'avais faite à vous et à votre fils bien aimé.

Au moment où nous quittâmes la France, vous m'avez prié, Madame, d'avoir soin de votre fils autant que cela serait en mon pouvoir, et de vous écrire, si jamais il était dans l'impossibilité de le faire. C'est avec une douleur immense que je viens aujourd'hui me conformer à votre désir.

Votre Robert bien aimé s'est sacrifié pour son pays. Il a combattu en héros : une balle enne-

mie l'a frappé à mort. Nous avons fait en lui
une perte immense, irrémédiable.

Cependant, malgré la profondeur de votre
douleur, je crois pouvoir vous offrir une consolation, en vous disant que votre fils est mort en
brave. Puissé-je mettre quelque baume sur la
blessure saignante de votre cœur, en vous décri-
vant les derniers instants de notre cher Robert.

Après avoir quitté Marseille, nous fîmes
route vers le Tonkin. A peine débarqués, nous
fûmes incorporés dans une colonne qui devait
poursuivre les pirates, encore nombreux dans le
nord du pays.

Robert ne me quittait ni jour ni nuit; nous
passâmes ensemble des journées pénibles, marchant sans cesse, souffrant souvent de la fatigue
et de la soif, vivant de peu ; mais le courage ne
l'abandonnait jamais.

Enfin nous rencontrâmes une bande plus
forte que les autres. Suivant leur usage, les
pirates s'étaient dissimulés derrière de redou-
tables retranchements. On nous donna l'ordre
de les enlever. Robert s'élança à l'assaut un des
premiers. Je le vois encore, emporté par son

élan, au milieu de la grêle des balles ennemies. Ses yeux flamboyaient, une joie virile éclatait sur son visage. Le sabre à la main, la tête haute, il entraînait les soldats, électrisés par tant de bravoure. Que ne l'avez-vous vu en ce moment ! L'amour de la gloire et le dévouement à la patrie avaient transformé son visage !

Devançant les tirailleurs, il courait vers les retranchements, criant d'une voix forte : « En avant, courage, à nous la victoire ! » Il arrivait sur l'ennemi, lorsqu'une balle vint le frapper au bras gauche. Mais la douleur causée par la blessure ne put l'arrêter : il continua bravement sa route, et arriva le premier sur les retranchements.

Là il agita un fanion rouge au-dessus de sa tête, puis le planta sur le parapet. Entraînés par son exemple, nos soldats se jetèrent dans les retranchements, où une lutte corps à corps s'engagea avec l'ennemi. Effroyable mêlée, où tout ce qui tombait sous la main servait d'arme, où nos épées s'engageaient avec fureur contre les larges lames des pirates, où des coups de feu, tirés à bout portant, arrachaient des cris de douleur ou de colère à d'innombrables victimes. Parfois, au milieu de la fumée et de l'épaisse poussière, je voyais passer Robert, toujours en tête de ses hommes. J'entendais sa voix brève et forte, sonnant comme un clairon dans le tumulte du combat. Tout à coup, il porta la main à sa poitrine et chancela. Une balle venait d'atteindre ce héros sur lequel la mort semblait n'avoir aucune prise ! Je le recueillis dans mes bras. Ses nobles traits s'assombrirent à peine, aucune plainte ne s'échappa de ses lèvres.

Aidé par plusieurs camarades, je le transportai à l'écart, et j'obtins la permission de rester près de lui. Sans crainte, mon malheureux ami sentait la mort venir. Quand la souffrance lui laissait quelque répit, il cherchait à me consoler, à me réconcilier avec la Providence, que j'accusais d'injustice et de rigueur. Ses dernières paroles furent pour vous, Madame : « Quand je ne serai plus, me dit-il, écris à ma mère bien aimée. Dis-lui que je meurs sans regret à la fleur de l'âge, car j'ai eu le bonheur de verser mon sang pour la patrie, et la gloire de mourir au milieu de la victoire. Dis-lui que je suis mort en pensant à elle et à l'affection profonde qu'elle m'a toujours témoignée. Console ma bonne mère. Tâche de remplacer auprès d'elle le fils qu'elle perd aujourd'hui, entoure-la de tendresse et soutiens-la le mieux que tu pourras. »

C'est dans mes bras, la tête appuyée sur ma poitrine, que Robert rendit le dernier soupir. Les derniers mots que ses lèvres prononcèrent furent : « Ma mère ! »

Tout le régiment, dans les rangs duquel il avait servi si longtemps en brave et fidèle soldat, l'accompagna à sa dernière demeure. Notre colonel, dans un discours qui arracha des larmes à tous les assistants, vanta la fidélité, la constance, la bravoure de notre cher Robert, et exhorta ses camarades à suivre un exemple aussi brillant.

Si votre fils a disparu du nombre des vivants, Madame, son souvenir vivra à jamais dans le cœur de tous ceux qui l'ont connu. Puisse cette pensée vous donner quelque consolation, et adoucir un peu la cruelle blessure de votre cœur !

Personne ne sait mieux que moi qui nous avons perdu dans la personne de Robert. Je

14

l'aimais comme un frère ; il était pour moi l'ami
le plus fidèle, le plus cher, car son courage égalait
son bon cœur. Respecté, aimé de tous, son souvenir ne s'effacera jamais, et son nom sera toujours cité comme un exemple de bonté et de
vertu.

Puissent ces paroles, sortant d'un cœur qui,
sincèrement, prend part à votre douleur, vous
consoler quelque peu, Madame. L'âme remplie
d'une affection sincère et respectueuse, je viens
vous adresser la prière d'accomplir le dernier
vœu de Robert : veuillez, dès maintenant et à
jamais, m'appeler

Votre fils dévoué,

CHARLES.

QU'EST-CE QUE
LA VRAIE ÉDUCATION ?

QU'EST-CE QUE
LA VRAIE ÉDUCATION ?

On parle beaucoup de l'éducation, mais les hommes, suivant la diversité de leurs caractères, la comprennent de manières très différentes. Qu'est-ce donc que la vraie éducation ? Question très difficile à résoudre, et à laquelle il semble qu'on puisse apporter les réponses les plus diverses.

A combien de chances d'erreurs ne sommes-nous pas exposés, quand nous jugeons, seulement d'après les apparences, d'une personne qui nous *semble* bien élevée ! Que de fois, en pénétrant plus profondément dans le caractère de cette personne, nous découvrons qu'elle a simplement l'apparence, mais non la réalité, d'une bonne éducation! Et, en effet, que d'hommes se croient bien élevés, auxquels la bonne éducation fait entièrement défaut!

Beaucoup de gens se croient bien élevés et se figurent avoir le droit d'être introduits dans n'importe quelle société, quand ils ont fait quelques années d'études, quand ils ont acquis certaines connaissances, et quand ils ont lu quelques livres de science. Il est vrai qu'il est indispensable pour un homme « bien élevé » de posséder la culture de l'esprit et une certaine somme de connaissances générales. On conçoit, en effet, que le monde fait plus de cas des personnes instruites que de celles qui, à cause de leur ignorance, sont hors d'état de tenir une conversation sérieuse ou animée. Quel embarras de tenir conversation avec des gens qui se sentent partout déplacés, qui ne peuvent prendre part à aucune discussion sérieuse, qui n'osent porter aucun jugement sur les questions qui intéressent en général les personnes cultivées! De leur côté, les hommes sans culture se sentent gênés dans le monde, se croient déconsidérés, ou, tout au moins, négligés, se plaignent que personne ne leur adresse la parole, quand il s'agit d'une conversation d'un ordre un peu relevé. Donc, on demande avec raison à une personne bien élevée d'avoir une certaine connaissance des lettres, des arts et des sciences, au moins de s'y intéresser, et de pouvoir prononcer un jugement sur quelques événements ou sur quelques œuvres, sans que, du reste, le monde exige la pratique raisonnée de ces différents arts.

Mais la science, à ses divers degrés ou sous ses différentes formes, n'est pas le titre le plus important ni l'élément exclusif de l'éducation. Au contraire, nous avons souvent l'occasion de nous convaincre que certains hommes, fort instruits et même savants, ne peuvent pas être compris dans la catégorie des personnes vraiment bien élevées. Encore une fois, en effet, l'éducation ne consiste pas exclusivement dans la culture de l'esprit. Il faut, si l'on veut passer pour une personne bien élevée, remplir une condition essentielle : posséder l'éducation du cœur. Si celle-ci n'existe pas, l'homme le plus savant peut rester, dans bien des cas, un personnage fort mal élevé.

Qui ne connaît ces êtres prétentieux qui affectent de ne s'intéresser qu'à un seul objet, celui qui est le sujet de leurs études exclusives ? Ils parlent tout le temps de leur science favorite, sans s'apercevoir qu'ils ennuient leur auditoire. Ils dédaignent de prendre part aux conversations qui ont trait à des sujets plus simples. Perdus dans les nuages de leurs propres pensées, ils ne s'abaissent pas à comprendre les discours de personnes moins savantes. Ils ne suivent que le cours de leurs propres réflexions, et trouvent fort naturel d'obliger ceux qui ont l'honneur de les approcher à traiter leur thème favori. On nous accordera bien que de tels personnages risquent de paraître et d'être franchement insupportables. Pleins de l'orgueil d'eux-mêmes, ils sont d'un commerce difficile, par exemple avec les dames, qui, naturellement, n'éprouvent qu'un mince intérêt pour les discussions par trop savantes. Qui de nous n'a rencontré dans le monde quelqu'un de ces savants, vrai ou faux, très affairé, fort préoccupé ? Dans ses discours comme dans son attitude, il se montre souvent très brusque, parfois brutal, pas

toujours avec intention, mais souvent par faute
d'une bonne éducation. Le personnage affecte
de n'aimer que ses livres ; il n'observe pas toujours les règles de la bienséance vis-à-vis de ceux
qui l'entourent, femmes à l'instruction plus variée
que profonde, ou hommes du monde qui n'ont
pas la prétention d'être des savants. Déformé par
une culture trop spéciale, notre homme est inca-
pable de vivre avec des personnes étrangères à
la science particulière qui l'intéresse. Rencontre-
t-il des gens moins instruits que lui ? Il croit de
sa dignité de les regarder avec dédain et de n'enta-
mer avec eux aucune conversation. L'orgueil des
savants, comme toute autre forme d'orgueil,
provient, en dernière analyse, d'un manque
d'éducation qui est très désagréable et vexatoire
pour le commun des mortels. La politesse et le
tact sont les éléments essentiels de toute bonne
éducation.

Posséder une forte instruction est, sans
doute, chose excellente. Mais il est, d'autre part,
indispensable, d'être doté de l' « éducation
sociale. » Qu'entendons-nous par ces mots ?
L'éducation sociale est la science de la conduite

que doivent observer entre elles les personnes bien élevées.

Tout d'abord, il est nécessaire de se conformer à l'étiquette, telle qu'elle se pratique dans les cercles que l'on fréquente. L'observation de cette étiquette montre que nous avons l'usage du monde. Elle est en même temps une preuve d'estime et de respect pour les personnes que nous approchons. C'est justement à sa courtoisie et à son respect des règles établies que l'on reconnaît l'homme bien élevé. Il sait varier ses discours et sa conduite d'après la qualité des personnes diverses avec lesquelles il est lié. Quelque grand que soit le nombre des hommes que l'on fréquente, la conduite et l'attitude doivent se soumettre aux exigences de la vie sociale, forcément très variée.

L'homme bien élevé se reconnaît non seulement dans sa manière d'être en général, mais aussi dans ses rapports avec ses supérieurs et ses inférieurs. Avec les premiers, il sera respectueux sans tomber jamais dans la servilité. Avec les seconds, il se montrera toujours plein de bonté, sans descendre jusqu'à une familiarité déplacée. En toutes circonstances, l'homme bien élevé fera preuve d'une constante égalité de caractère. Et n'allez pas croire que cette qualité soit très généralement répandue. Que de personnes, en effet, présentent d'étranges variétés d'âme, suivant qu'on les observe dans le monde ou hors du monde !

Dans le monde, on est aimable, on cherche à plaire, on gagne tous les suffrages, on mérite la réputation d'un compagnon fort agréable. Mais que de fois cette amabilité mondaine n'est-elle qu'une vaine apparence ! Que de gens, dès qu'ils ont franchi le seuil de leur demeure, s'empressent de déposer le masque qui dissimulait au public les graves imperfections de leur caractère ! Trop souvent, dans les réalités ordinaires de la vie familiale, l'homme est très différent de ce qu'il paraît être sur la scène du monde. Tel, fort aimable en apparence, est en réalité doué d'un exécrable caractère, ignore les égards, est plein de brusquerie. S'il possède l'éducation extérieure, il manque absolument de la solide éducation de l'esprit et du cœur. Voilà pourquoi il ne sait pas se montrer aimable

envers les membres de sa famille, est mécontent
de tout ce qui se passe à la maison, trouve
toujours et partout quelque chose à critiquer
ou quelqu'un à blâmer.

Ce manque de bonne éducation à la maison
éclate surtout dans les rapports avec les domestiques et les subordonnés, parce qu'on croit
souvent n'avoir pas besoin de se gêner avec eux.
L'homme, ainsi mal élevé, revient-il d'une
soirée où il a éprouvé quelques ennuis, où on ne
lui a pas rendu tous les honneurs qu'il pouvait
désirer ? Calme en apparence, il est rongé par
une sourde colère. Pendant qu'il se trouvait dans
le cercle mondain, il a eu assez de force de
caractère pour dominer son mécontentement
et dissimuler sa mauvaise humeur. Mais,
arrivé à la maison, il fait tomber sa colère
sur les innocents. Malheur au domestique qui
le rencontre ! Il paiera pour tous les ennuis que
son maître a dû supporter en silence et le sourire aux lèvres. C'est alors que l'on entend reten-
tir bien des paroles malsonnantes dans la bouche
du « gentleman » ! Toute la misère humaine
apparaît ainsi sous la livrée brillante que la
société impose à qui la fréquente.

L'homme bien élevé apprendra à dominer ses sentiments, à être vis-à-vis de ses inférieurs ce que le monde exige qu'il soit vis-à-vis de ses supérieurs et de ses égaux : poli, et d'une parfaite égalité de caractère. S'il a des ennuis, il tâchera de les surmonter. Il n'en infligera ni la confidence, ni, à plus forte raison, la responsabilité, à ses domestiques ou à ses inférieurs. Il traitera avec la considération voulue ses serviteurs, ses ouvriers, surtout les pauvres et tous ceux, enfin, qui ont besoin de lui. Il montrera, par cette conduite, qu'il est vraiment digne du titre de «gentleman», car il possédera, à côté de l'éducation mondaine, cette autre éducation, plus intime et plus belle, qui fait la dignité et la joie de l'âme, et que nous appelons l'éducation du cœur.

VÉTURIE ET CORIOLAN

VÉTURIE ET CORIOLAN

Le peuple romain était célèbre par sa bravoure et par son patriotisme. Mais les Romains méritent aussi d'être estimés à cause de leur dévouement à leurs parents. Ils considéraient comme la plus sainte des lois d'entourer ceux-ci d'amour et de respect. Le respect que l'on doit à une mère leur paraissait le premier des devoirs. Il n'était pas rare que le plus brave, le plus fier d'entre eux sacrifiât tout ce qu'il aimait à la volonté maternelle.

L'ancienne histoire romaine nous offre un remarquable exemple d'amour filial dans la personne de Marcius Coriolan. De même, cette histoire nous montre, par l'exemple dramatique de Véturie, que les femmes sont, comme les

hommes, capables d'abnégation et de dévouement à la patrie, et que, dans toutes les
époques, on a honoré le souvenir d'héroïnes qui
sacrifièrent à leur pays non seulement leur repos,
mais leurs affections les plus intimes.

Après la chute du dernier roi, Tarquin le
Superbe, Rome devint une République. Mais
les distinctions qui avaient séparé les différentes classes au temps des Rois ne disparurent
pas avec l'établissement de la République. Les
nobles ou patriciens avaient gagné une liberté
plus grande encore. Quant aux plébéiens ou
roturiers, ils n'avaient pas plus de droits qu'avant
la chute des Rois.

Lorsque les Romains eurent triomphé des
Latins, après une guerre dans laquelle les plébéiens avaient rempli largement leurs devoirs
envers la République, les nobles refusèrent,
malgré tant de services rendus, de faire des
concessions aux hommes de la plèbe. Ceux-ci,
irrités d'une telle injustice, résolurent de se séparer des patriciens, qui se considéraient évidem-
ment comme les seuls maîtres de Rome. Le
peuple se rendit donc sur une colline, que les

patriciens affectèrent d'appeler le Mont Maudit.
Là, ils commencèrent à élever une ville dont ils
seraient les possesseurs uniques.

Cependant, les patriciens s'effrayaient de cette
attitude, voyant bien qu'ils allaient perdre, avec
les plébéiens, la plus grande force de leur armée.
Ils essayèrent d'abord de calmer par des pro-
messes l'irritation de leurs concitoyens, mais
aucun argument ne put décider le peuple à
rentrer dans Rome. Enfin, les patriciens s'enga-
gèrent à concéder à la plèbe quelques droits.
Ainsi, elle élirait des magistrats populaires ou
« tribuns de la plèbe », qui auraient désormais
le pouvoir de s'opposer aux projets de lois votés
par les patriciens : c'est ce qu'on appela le droit
de *veto*. Les magistrats plébéiens pourraient réunir le peuple sur la place publique. Leur personne devait être inviolable. A ces conditions,
les plébéiens consentirent à rentrer dans Rome.

Mais les dissentiments politiques ne tardèrent
pas à recommencer entre les deux ordres, par
suite des prétentions excessives des patriciens.
De nouveau, la guerre civile était imminente :
une terrible famine qui éclata à Rome en fournit

le prétexte. Le Sénat avait envoyé des vaisseaux en Afrique pour chercher du blé. On discuta si l'on devait ou non le distribuer à la foule affamée. Pour trancher cette grave question, on convoqua en assemblée le Sénat, qui était composé exclusivement de nobles.

Alors se leva un jeune homme de fière mine. Son visage était plein de vivacité et d'intelligence; mais on lisait aussi sur ses traits l'arrogance et la dureté : c'était Caïus Marcius Coriolan. Caïus Marcius s'était distingué dans la dernière guerre contre les Volsques, en conquérant, à la tête d'une petite armée, la ville de Corioles; ce fait d'armes lui avait valu le surnom de Coriolan. Son discours tendait à accorder au peuple une distribution gratuite de blé, mais à la condition que les plébéiens commenceraient par renoncer aux droits politiques qu'ils avaient naguère arrachés aux patriciens. Les sénateurs entendirent ces paroles avec étonnement et effroi. Dans leur surprise, ils ne surent comment répondre à Coriolan, dont ils désapprouvaient la dureté et l'imprudence. Les tribuns de la plèbe quittèrent, de leur côté, la salle des séances, pour communiquer aux plébéiens les projets de leur adversaire. A peine la foule assemblée sur le Forum eut-elle appris ces desseins, qu'elle se précipita vers la salle du Sénat, dans l'intention de tuer Coriolan. Avec beaucoup de peine, les nobles réussirent à empêcher cette violence. Le Sénat s'engagea à faire droit aux désirs du peuple, si la vie de Coriolan était sauve. Mais la foule, surexcitée et affamée, ne s'apaisa que lorsque le Sénat assura que Coriolan se rendrait le lendemain au Forum pour se défendre, en présence du peuple assemblé, contre les accusations dont il était l'objet ; il se soumettrait, d'ailleurs, à la sentence populaire.

Le lendemain, les plébéiens, sous la conduite des tribuns, s'assemblèrent sur le Forum. Coriolan, qui avait toujours éprouvé un sentiment de mépris pour le peuple, se montra plein de hauteur et d'arrogance. Sans pâlir, sans changer de contenance, il écouta tranquillement les accusations lancées contre lui. Sans daigner s'excuser ni se défendre, il énuméra avec une éloquence hautaine tous les services qu'il avait rendus à sa patrie. Il rappela aux souvenirs du peuple combien de fois il l'avait sauvé de l'ennemi, et comment, dans la dernière campagne, il avait conduit victorieusement l'armée. Il ouvrit sa tunique et montra sa poitrine couverte de cicatrices, marques de son courage. « Combien de fois, s'écria-t-il, ai-je risqué ma vie pour sauver mes compatriotes ! Et maintenant, je suis ici accusé et menacé d'une condamnation par ceux-là mêmes qui me doivent la vie! »

En entendant la voix de cet homme, qui, malgré son arrogance, était resté populaire, les Romains furent tentés de retirer leur accusation et d'acquitter l'imprudent patricien. Mais les tribuns de la plèbe intervinrent de nouveau et tâchèrent de rallumer la colère des plébéiens, en rappelant le crime que Coriolan avait voulu commettre contre eux. Ainsi excité, le peuple oublia tout ce que Coriolan avait fait pour lui, et le jeune guerrier fut condamné et banni de Rome pour toujours. Il ne changea pas de visage, même quand cette terrible sentence fut prononcée. Pourtant, elle était, pour un Romain, si attaché à la patrie, aussi dure que la mort.

La tête haute et la démarche assurée, Coriolan

quitta le Forum, prit congé de ses parents et de
ses amis sans aucun signe de douleur, et se rendit sans hésiter à la porte de la ville qui allait se
fermer sur lui pour jamais. Mais quand il eut
franchi les murs de Rome, le patricien, blessé
jusqu'au fond de son cœur, tourna pour la dernière fois son regard vers sa ville natale, leva
la main vers le ciel, et jura de ne prendre de
repos que lorsqu'il se serait vengé de ce peuple
ingrat.

Plein de colère, et pour tenir son serment,
il se réfugia chez les plus grands ennemis de sa
patrie, chez ces mêmes Volsques, qu'il venait de
vaincre. Il leur promit de les conduire victorieusement contre Rome, s'ils voulaient le choisir
pour chef de leur armée. Les Volsques, fort
étonnés, doutèrent d'abord de ses paroles; mais
quand il leur eut raconté tout ce qui s'était passé,
et qu'il leur eut promis de les conduire vain-
queurs à Rome, ils le prirent pour chef. Coriolan
reconquit avec cette armée beaucoup de villes
que lui-même avait enlevées récemment aux
Volsques, puis, à la tête de l'armée victorieuse, il
s'approcha de sa ville natale. Il établit son camp

tout près de Rome, et, de là, menaça sa patrie, dont il était devenu l'irréconciliable ennemi.

Jusqu'alors, les Romains n'avaient pas osé envoyer de troupes à sa rencontre. Pourtant, le péril devenant imminent, le Sénat se décida à faire marcher une armée contre Coriolan. Mais les soldats convoqués refusèrent d'obéir, car ils redoutaient la bravoure et le courage de l'homme qu'ils avaient à combattre.Ne serait-il pas plus redoutable encore, maintenant que la passion dévorait son cœur et exaltait son ressentiment ?

Après plusieurs appels au patriotisme des Romains, quand le Sénat eut épuisé tous les moyens de décider le peuple à la guerre, les plus âgés et les plus dignes des membres du Sénat se rendirent dans le camp ennemi, et annoncèrent à Coriolan, au nom du peuple Romain, que la sentence de bannissement prononcée contre lui venait d'être annulée. On lui restituerait tous ses droits s'il consentait à abandonner la cause des ennemis. Avec un sourire ironique, il écouta tranquillement les sénateurs et, froidement, leur répondit : « Il est trop tard.

Vous auriez dû penser à toutes ces choses avant
de prononcer contre moi la sentence de bannissement. » Très affligés, les sénateurs rentrèrent à
Rome, où l'effroi augmentait de jour en jour.

Les prêtres voulurent essayer de l'influence
de la religion pour fléchir Coriolan. Ils se rendirent au camp des Volsques avec toute la pompe
d'un cortège solennel. Ils dépeignirent au général
les inquiétudes et les transes de ses compatriotes,
et tâchèrent de réveiller son patriotisme ; ils lui
rappelèrent de quelles vengeances les dieux
frappent les traîtres. Mais tous leurs efforts pour
émouvoir son cœur furent inutiles. Coriolan
resta froid et insensible. On l'avait trop profondément blessé ; trop grande était sa soif de vengeance : il ne céda pas plus aux prières des prêtres
qu'à celles des sénateurs. Avec une mine fière, il
se détourna d'eux et se retira dans sa tente.
Pleins de sombres appréhensions, les prêtres
retournèrent à Rome. L'insuccès de leur démarche ne se voyait que trop clairement sur
leurs visages. Cependant, un dernier espoir
restait encore aux Romains.

La mère de Coriolan, Véturie, était une

femme très noble et très estimée de tout le peuple. Sa douleur était inexprimable depuis qu'elle avait vu son fils unique prendre les armes contre sa patrie. Les Romains la supplièrent d'aller trouver Coriolan, en compagnie de sa belle-fille et de plusieurs autres femmes. Sans doute saurait-elle toucher son cœur, car on savait quel amour et quel respect Coriolan avait toujours témoignés à sa mère.

D'abord, celle-ci recula devant une telle démarche : s'abaisserait-elle à supplier son fils ? Des sentiments contraires luttaient en elle : l'amour maternel, le ressentiment, le patriotisme et la fierté. Pourtant en présence du danger que courait Rome, son patriotisme l'emporta. La noble femme, accompagnée de sa belle-fille Volumnie et d'autres dames romaines se rendit au camp ennemi.

Coriolan était dans sa tente lorsqu'un messager entra pour lui annoncer qu'un cortège de femmes approchait. Le Romain sourit ironiquement et s'écria : « Voilà qu'ils m'envoient maintenant des femmes pour amollir mon cœur par leurs larmes. Eh ! bien, qu'elles viennent ! »

Quelques instants après, un second messager vint lui dire que Véturie, sa mère, et Volumnie, son épouse, se trouvaient à la tête du cortège. A peine eut-il entendu ces paroles qu'il pâlit. Pour la première fois, depuis qu'il avait quitté Rome, il se sentit ébranlé. Sans réfléchir davantage, il sortit de sa tente, et, plein de déférence, s'avança à la rencontre de sa mère. Arrivé auprès d'elle, il voulut se jeter à ses pieds. A sa vue, en effet, ses sentiments de vengeance et de fierté l'avaient abandonné. Mais Véturie resta debout devant son fils, pleine de dignité, et, d'un signe de la main, elle lui fit signe de reculer. Au fond de son âme étaient aux prises l'amour maternel et le patriotisme. Avant d'embrasser son enfant, elle parla à haute voix, une main levée : « Je ne veux pas t'embrasser, dit-elle, avant de savoir si celui que je vois devant moi mérite encore le nom de traître, ou si je puis encore t'appeler mon fils ; si je dois bénir ou maudire le jour de ta naissance ! » Coriolan était grandement ému, et son orgueil, jusqu'alors inflexible, commençait à fléchir. Il tomba à genoux devant Véturie en s'écriant :

« Mère, tu as sauvé ta patrie, mais tu as perdu
ton fils ! » Véturie embrassa Coriolan : elle avait
compris le sens des paroles que celui-ci venait
de prononcer. Maintenant son cœur était partagé entre la joie et la douleur. Elle avait sauvé
Rome, mais elle avait vu son fils pour la dernière
fois ! A son retour dans la ville, elle fut reçue
en triomphe comme une libératrice. Mais son
âme était profondément atteinte. Si la Romaine
était fière d'avoir sauvé son pays du péril de
l'invasion, la mère souffrait tristement d'avoir
perdu son fils pour toujours.

Bientôt, en effet, les paroles de Coriolan se
réalisèrent. Fidèle à sa promesse, il voulut éloigner de Rome l'armée ennemie; mais les
Volsques, furieux d'une telle trahison, se jetèrent sur lui et le tuèrent.

Des deux héros de cette histoire, lequel
mérite le plus notre admiration ? Si Coriolan
a laissé un exemple mémorable d'amour filial,
Véturie n'est-elle pas plus grande encore, elle
qui sacrifia la vie de son fils au salut de sa
patrie?

TABLE DES MATIÈRES

Mâcon, Protat frères, imprimeurs.

www.ingramcontent.com/pod-product-compliance
Lightning Source LLC
Chambersburg PA
CBHW061437030726
47503CB00005B/1454